泥田の片足

阪本 たかお
SAKAMOTO Takao

文芸社

目　次

カバーデザイン　木村亜矢佳
表紙題字　久保　未来
イラスト　久保　孝一

泥田の片足

栗田亮三は小さい時から「汽車道」と呼んでいる鉄道線路に沿った青草に覆われ、人の歩く狭い足幅で剥きだされた土と小石の白い地面から目を離せないでいた。

その道は、かつて両親が借りていた野菜畑まで母や姉と共に通った小学生、中学生の頃までの汽車道と変わらないままであることを確認するように、スニーカーの靴先で草の葉を蹴りながら、下を向いたまま一歩、一歩と身体を歩ませていた。

ここから、鉄道線路は西に有るJRと私鉄が複合する駅に向かって一直線に下ってゆく。かつては、蒸気機関車が煙を噴き上げ、車輪の下から白い蒸気がシュッ、シュッと大きな鉄の輪を動かして登って来た。栗田が東京に出ている間に、蒸気機関車は廃止されてディーゼル機動車に代わり、今は、架線が敷かれ、運転手一人乗務のみの二両編成の電車が走る。

汽車道はだんだんと線路を見下ろすように右の線路側斜面を高くして、生い茂る草の種類を増やし、緑の濃淡を深くしてゆく。

線路の上に黒い鉄の水路橋が見えてきた。北の山側に有る大池の水を既に田植えを終えた南の水田地帯まで潅漑する水路には、まだ勢いよく汽車道脇に設けられたレンガ造りの桝に池水を落としている。栗田の生家の裏側にも小水路が通っていたので、学校帰りには足を洗い、汚れた野球のユニフォームをまず手洗いするには便利であった。

栗田は生家の裏近くまで汽車道の歩みを進め、昔は農学校の広い桑畑があった筈だと思いながら、栗の樹に植え変えられた栗畑の若葉の上にある生家の瓦屋根を見つめた。

汽車道の昔と変わらない歩みの実感から、年老いて古里に転居して住むことの今、初夏の陽射しに身体を当てて、これからは古里の土の匂い、山や野辺の空気の重さを手づかみ出来る筈と思っても不思議ではない。

汽車道から小水路の土手に沿って生家の裏に回ってみる。

高校を卒業して東京に出るまで両親と暮らしていた平屋の家、古里で再び生活する退職後の暮らしに、まずは生家の今を確認することから始めようと、住み始めた賃貸住宅から汽車道を歩いて来たのである。

生家の埃も汚れもありそうな壁や屋根、小水路側の裏口には放置されたままの洗濯機、そして風呂場の窓に欠けたガラスが見てとれた。

母の植えた富有柿の樹があるだろうと南の角に植わっていた筈のところを探したが、柿の樹は消えていた。

栗田は入って来た小水路の土手を引き返し、汽車道から線路の上に渡された住吉橋のある広い表道に出て、生家の玄関の方に歩いて行ったが、陽に焼けた黄色いロープが道側に張られ、車の進入を防いでいる。

栗田は、次兄が亡くなってからは生家には誰も住んではいないことを目の前にして教えられた。隣に建つ二階建住宅は、次兄の子供が建てたのだろう。

東京に出て以来の四十五年間という不在の時間が示した生家の今の姿である。両親と暮らした生家は生きたまま存在してはいなかったのである。

昔のままの古里でないことは当然と理解はしていたが、自分の生まれ育った土地であるからには、それにふさわしい老後にしてみようと思いかけた絵姿の一枚目は、どのように描きだそうにも躊躇(ためら)わざるを得ない午後になった。

*　*　*

栗田亮三が大学を卒業して勤め上げてきた食品会社を退職したのは、定年を三年特例延長した六十三歳を迎える春であった。

長男も家庭を持ち、小学一年生と幼稚園年少組の二人の女の子がいたし、長女も夫とともに転勤して仙台に住んでいたから、このことも、ごく普通のサラリーマン人生を真面目に勤め上げてきたからだと言えた。

退職後の時間は妻の美智代と二人の気ままな生活になったことで、かえって落ち着かない日々を持て余していたので、栗田がまず相談したのは、幼稚園から高校時代まで同級生であった仲良し四人組の一人、毎年、賀状を交換している中本武司君であった。彼は、大手製鉄会社を退職し、親の跡を継ぐ長男で、既に地元に戻っていた。

栗田は、結婚して東京のアパートに住み始めて以来、人事異動があると家族を帯同して千葉、愛知、神奈川、東京、埼玉と転居を繰り返してきた。

その結果、自宅を持つこともなく退職を迎えていた。

会社からの住宅手当があったこととも、そうさせた大きな原因であったといえたが、心のどこかに父母の在所に戻っても良いのではと思っていたからでもある。

田舎には山も田も川もある。大阪南の繁華街も奈良の当麻寺や長谷寺も近い。いずれ古里にも戻れるのだとの潜在意識が首都圏で自宅の購入を躊躇わせた結果でもあった。

栗田の二人の子供も自分の生活が出来ていて、こちらに残さなければならないものは何もない。古里なら賃貸住宅の家賃も抑えられることだし、転居も慣れたものだ。

自分の人生にけじめをつける転居、今度こそ最後の転居にしよう。古里にはこれまでの会社員時代には得られなかったものがある筈だし、古里でこそ何かを手に出来る筈との思いから、

「田舎に帰ろうと思うんだ」

と、中本君に電話を入れた。

「分かった。こちらで当たってみるから一ヶ月位時間をくれ。待っててもいいだろ」

と、快く家探しを引き受けてくれた。

古里に戻った生活は、中古の軽乗用車があれば、土地勘も抜けてはいなかったので、動き回ることにストレスはなく、国道沿いに競合するようにある食品スーパーもコンビニも都会並みに充実し、買い物の足として大いに機能した。

妻の持病であるリウマチの治療のためには、大阪府との境である紀見峠をトンネルで越えて河内長野市の医療センターに車で通うのも古里に戻っての仕事になった。

栗田自身は、運動公園でのテニス同好会に参加することが出来、地区公民館の期間限定で開かれる陶芸教室や月刊総合雑誌を閲覧するため中央図書館に通ったりすることで、有り余る時間を使いわけていた。

そうして、最初の一年目が過ぎ、長男の子供たちもお爺ちゃんの田舎を見ようと夏休みには家族揃って訪問もしてくれたので、親としての喜びもあったという田舎への転居も無事に過ぎていったに違いはなかったが、古里、田舎という在所の世界には何か物足りない、何かが違うものがあると気になりだした。

それは生家が廃屋のごとく、人の住まないわびしさに近いものになり、古里に帰っては来たものの、昔と同じにあるわけではないという現実に早々と引き戻されたというか、古里で住み続けるには何とはない不安定さが栗田の心根に宿るようになっていた。

その根本は、父母の影が疾(と)うに消えていたというか、古里に根づく自らの土地を持たない三男坊であることに栗田自身の不確実性が背負わされていたからかもしれない。明治生まれの父も次男であったため、親からは田圃も畑も山林も相続することはないまま、自分の裁量で家族を育て上げ、父が持ったのは、栗田の生家と織物加工場だけであった。

そうした六十五歳を迎えようとした正月明け、栗田の転居で、高校時代と同じく地元で暮らす仲良し四人組が揃った機会に忘年会の集まりを持ったばかりであるとの記憶を探りながら、携帯電話を取り上げると、元気良い中本武司君の声が届いた。

「この三月末、最終日曜日に二回目の中学同窓会を紀伊荘で開くことを担当幹事で決めたから出席しろ。みんな待ってるぜ」

と、言われた。

平成の少子化の影響を受け、既に、栗田が通った恋野中学校は閉校されて新設の中学校に統合されていたが、六十歳の還暦を迎えた時に第一回の恋野中学同窓会、昭和三十五年三月卒業から「三五の会」と名付けられた男女百二十名余、三クラスの同窓会が平成十六年一月に有馬温泉で開かれた。

その時は栗田は欠席したから、五年毎とした同窓会に初めて出席することになる。中学卒業後の五十歳も年齢を重ねた、仲良し四人組とは違う同級生との初顔会わせの機会が持てるのであったが、誰に、どんな顔に出会えるのか、栗田自身もその顔を披露するのであることに期待と不安を大きくした。

この同窓会出席から、栗田亮三の古里での暮らしにも、日々の不安定なもやもや気分を転換させ、転居前に微かに思い描いたかもしれない、古里が持っている何かしらを自分の形にして動き出し、自分の手の中になぞれるようになっていった。

壱

同窓会の当日は、桜の花も八分咲きで、電車を降りた駅のホームから望める山の中腹に建つ紀伊荘も桜の白い色に半分隠れていた。

山道の先に紀伊荘の玄関が見えると、太り気味の身体を折りながら、やっとたどり着いたとの気持ちに安心を持たせてくれたのであったが、誰が来ているのだろうと気になると、毎日、鏡に見えている老いて日焼けしてしみの浮き出た自分の顔を同窓会初登場の場で、同窓生の前に曝すことに栗田は少し怖じ気づいてもいた。

会場である二階の大広間では、既に、同窓会は始まっていた。

同窓会幹事長である中本君に促され、

「暫くです。帰ってまいりました」

と言いかけるや、中学の野球部の仲間でサードを守備したその時のボールを投げる面影のままに、西山昭一君が、

「おい、栗田、挨拶はいいから、こっちに座れ。俺の横がお前の席や。来いよ、来い

よ。待ってたぞ、東京もん」

と、荒っぽい歓迎の声であった。

指定された席に座るなりコップに注がれたビールは、喉に沁み込む程に渇きを癒す味わいに満ちていた。急いで飲み込んだとき、対面の女性の顔と名前を思い出すのにむせてしまうことになって、慌てて手で口を押さえながら、

「敏子ちゃん、野口」

と声を出すと、

「はい。そうや。今は谷口、お婆ちゃんになってしもうた」

と、懐かしい笑顔を向けて栗田の方に手を差し出すと、栗田もテニスで日焼けした右手を伸ばして彼女の血管の青く浮き出た皺のある手を握り返した。

栗田は、その手の小ささに驚いていたが、敏子の隣にいた坂口由紀子が、

「久しぶり、変わらんなあ。やっぱり栗田君やんか、元気そうや」

と、彼女も笑顔を開いて空いたコップにビールを注いでくれた。

「由紀ちゃん、久しぶり。まだ豆腐屋やってるの」

「いいえ、そんなの何時の事やら。疾うの昔に廃業。栗田君のお母さんもよく店に顔見せてくれて。栗田君が東京に行ったあとも。その頃からすぐに、スーパーに流れてしもうて」

「そうやったか。俺も買いに行かされたな。由紀ちゃんのお母さんにアゲ一枚くれと小銭渡した、恥ずかしくてね」

栗田は、隣の西山君にビールを注ぎ、膳の上にある焼き魚や煮物の器に箸を伸ばして腹ごしらえを進めた。

このあとは、宴会場に並べられた御膳の右へ左へと歩かねばならない羽目になったことは致し方のないことであった。

御膳の前に座り込んで、これまでの自分の歩みを酒を交す話の糸口に、また、久方に会うことの釈明に追われながら、いがぐりの青い坊主頭は既に白髪が交じり、髪も後退し、眼鏡をかけ、目尻に皺が寄り、その中に生々しさも幼さも混じる懐かしい同級生の顔は失われてはいなかったし、向かい合う女生徒も清々しい若さから遠のいてはいたが、輝いていた目元は昔の面影が濃いもので、同じ年の老いた顔を突き合わせ、声を上げ、笑い、突っ込み、栗田にしては珍しく、社交的な振る舞いを自分に鼓舞しながら努めていた。

このような父親の姿など、もし栗田の子供たちが見ていたら驚いて「何や、親父。まるで別人みたいや」と声を出すだろう。

家では見せたことのない顔付きや口をついて出る田舎言葉の抑揚、めったなことでは笑い顔など作らなかった父親、本当はその振る舞いは地のものではないことは栗田本人が気付きながらも、久闊（きゅうかつ）のお互いの顔見世に、不思議と前向きな気分で自然に湧き出ていたから自分に不愉快になることはなかった。

それは、この席が幼い五十年前の同級生という平のままに大きくなり、何の地位も肩書もない場になって、一部屋に集まった空間がもたらす何をしても許し、分かり合えるもたれあいがあったからでもあった。

ひとかたまりになっている女子の席には、結婚して姓を変え、家庭の主婦でもある小林慶子も坂田明美も山本幸恵も櫻井三重子もそれなりに年を重ねたお化粧姿と身だしなみを綺麗にして、同窓会幹事役である大畑亜紀子と共に御膳を囲んでいた。

大畑亜紀子は長い手指の爪に模様のあるマニキュアの色を見せ、やや狭い額の前髪に鼻すじの通った目元の近寄りがたさは中学生の面影のままで、口元にある笑みにも皺が出来はじめていたが、

「亮ちゃん、よう帰ってきたなあ。うれしいわ。待ってたよ」

と、片手を差し出して栗田の手を握り、歓迎の挨拶をしてくれた時の顔は、顔全体が柔らかく広がって話す言葉に優しさが籠っているように思えたのは、かつて、駅で両親とも働いていた鉄道家族として知られ、栗田の親と近所付き合いのあった旧姓、中村家の長女、亜紀子の新しい魅力の発見であった。

水道工事店を営んでいると教えてくれながら三重子にビールを注がれ、この場で見合わせる女子の顔は、学校で席を同じくした時の、初々(ういうい)しい引き締まった素顔も額の髪の生え際も均整の取れた体形も変わってしまった老年の容姿になって、全く新しい触れ合いをお互いに感じさせる顔見世の瞬間でもあった。

宴の席を一回りして話し疲れての、大畑亜紀子の席の前で一息、平畳に胡坐座りも椅子生活に慣れた足には堪えていたので、栗田は足を伸ばして筋肉の痛みと疲れから

身体を休めることにした。

今日のこうした同級生との出会いも、次は同窓会の開かれるであろう五年後か一年に一度あるかないか、偶然にスーパーの駐車場か市役所のあるいは銀行の窓口で再会するかもしれなかったが、生まれてから離れることなく古里、大阪近辺に住み着いてこの日まで暮らしてきた皆の落ち着きようには、いわば飛び入りする体（てい）の栗田には、彼女達の前でも力負けであった。

亜紀子は、横に置いた手提げバッグから携帯電話を取り出して、

「亮ちゃん、携帯の番号、教えて。今度、一度お邪魔したいわ」

と言い、お互いの電話番号をその場で登録することになった。

「今日は、井上多香ちゃんは」

との、栗田の問いかけに、

「多香子は、孫の入学式の準備やて。奈良まで行ってるんや」

と、亜紀子は携帯に入力しながら答え、さらに
「今日のことは、多香ちゃんにも報告しておくよって。亮ちゃんに会いたかったとき

っと残念がるわ」

と、言ってくれたのであった。

大畑亜紀子のその言葉に、栗田を知る友達がまだまだ居るんだとの安心がビールの酔いのある身体に残った。

弐

栗田が中学の同窓会に出席してからは、古里の仲間に認知された安心というか、転居後の賃貸アパート住まいであっても、この土地で暮らしている一画に自分も座っているという意識になってきていた。

そうした秋、十一月も終わり、大畑亜紀子から電話が入った。

「これからお邪魔していい。柿を持ってゆきたいんよ」

とのことで、栗田は二つ返事で「待っている」と携帯電話を切った。

それから一時間もしないで、国道に近い一段高い畑地に立てられた栗田の部屋を訪

ねるインターフォンの音に玄関戸まで迎えに出ると、裾の長い広がった草木模様の細身の洋服から臙脂色の靴を覗かせ、

「どうぞ、いらっしゃい」

の声かけに、亜紀子は靴を脱いでその場に揃えると、笑顔になって台所にいた妻の美智代に、

「今日は。初めまして」

と、人馴れした身体の動きのまま、食卓に近づき、籐で編まれた手提げから白いレジ袋の包みを取り出した。

亜紀子の丁寧に化粧した顔と、髪にウェーブをかけ洋服を着た立ち姿の大きさに対面してみると、お互いの五十年近い時間が一瞬に過ぎて、今、栗田のすぐ目の前に立っているとは、かつてだに思いもしない時間の飛来であった。

その懐かしさ、慕わしさの感情が古里を離れずに家庭を持ち、暮らしてきた一人の女性の、それだけに年を重ねた姿勢を掴み取らねばならなかった。

亜紀子はそのままに、リビングを通ってベランダ側の窓辺に立つと、

「南の高野の山、よく見えるわね。いいところね。私の家は、左の裾を入ったところ」

と指をさすと、美智代も台所からガラス窓に近づき、その方を覗くようであったが、亜紀子の家など見える筈もなく、

「今度、お二人で来てくださいよ」

との亜紀子の声に三人で笑いながら食卓を囲み、富有柿の輝く朱色の一つをレジ袋から取り出す亜紀子の白い手も、丸くて黒い食卓の上で美しく伸び、指先の爪は薄いピンク色に塗られていた。

「家の柿山といっても、斜面みたいなとこに十二本も古い柿の樹があるんです。この時季は種無し柿が終わって富有柿、選果場に荷出しが終わって亮ちゃんところで食べてもらおう思って。甘柿だから召し上がれ」

と説明に淀みがないのは、同窓会の席でまだ時々仕事をしていると話した生命保険の外交員の対応ぶりであった。

妻の美智代も、初めて迎えるお客に慎重気味であったが、話の波長が合いだすと自

らあれこれ地元の店や習慣、戸惑いについて話しだし、子供たちの住んでいるところ、孫のことをお互いに話す亜紀子との会話は途切れず、自分でお茶の用意も忘れる程になった。

栗田は頂いた柿を剥こうと、食卓にあるレジ袋から柿を二個取り出して台所で洗いだすと、

「亮ちゃん、柿の剥き方、分かってる？」

と、亜紀子が聞いてきた。

「ああ、この上、頭からでいいやろ」

「違うわ。ちょっと包丁か果物ナイフ、私に貸してくれる？」

と、言うのであった。

栗田が果物ナイフと洗った柿を亜紀子に手渡すと、亜紀子は、柿の蔕(へた)に斜めに刃先を突き入れ、ナイフを蔕周りに回転させて蔕を抉(えぐ)り取った。

抉り取られた蔕は円錐型に切り取られて食卓テーブルに落とされ、掌の上の柿に今度は果物ナイフを真ん中に当て、手の上で半分に切り分けた。

「こうした方が、剥きやすいというか、汚れんと手早く食べたい分だけ、後で切り分けられるんよ」

亜紀子は、半分になった柿を食卓に置くと三等分に切り分け、柿の皮を剥いた。その一つを取って一口、口に含んで食べたのである。

「そう、その剥き方、俺のお袋も姉もやってたことある。思い出した」

と栗田が言うと、亜紀子は半分になった柿を手に取って、

「そうでしょ。子供のおやつ時なんか、こうするの。頭から剥くと剥いた柿の汁が手につくし、何度も手を洗わんといかんでしょ」

「俺の生まれた家にも一本の富有柿の樹があったんや。母親が嫁入りする時、枝に沢山に実がなるよってに家が繁盛するよう植えた樹やと教えてくれたよ。その柿を採って、井戸の水で洗って、母親が剥いてくれたときの手の動かし方は、亜紀ちゃんと同じや、全く」

「うちも、母親からの見よう見まね」

亜紀子が再び、もう一つの柿を剥きだしたので、食卓の上で亜紀子の手の甲に皺の

出かかったその器用に動く手元だけを見ていると、栗田は母親の指先があって、目の前で動いているような錯覚を起こした。

美智代は、亜紀子が切り分けたその柿の一つを取り上げて、皮を剥かないで朱い果肉を歯で噛んだ。

「美味しい。果肉も程良い、ジュッとした柔らかさ」

「柿も、畑の土が良くないと甘さも出ないのよ。結構、手間がかかるの。春は柿の白い花が咲いて小さな実が生ると摘果、実が大きくなると今度は消毒、きれいな虫食いのない柿の実しか都会では商品になれへんの」

と、今度は、亜紀子はレジ袋に有る富有柿を取り出して、両の掌に包んで妻の前に置いた。

「大変ねえ」

との妻の同情するような声に、亜紀子は

「私一人では出来ないから、男の人に頼んでいるんです。主人は亡くなってしもうて」

と言った声は、寂しさも併せ持っているような低い声であった。栗田にとっても、初めて聞く情報であった。

亜紀子は、台所で手を洗い、やっと客用の湯呑みに入れた緑茶を両の手で飲みながら、

「亮ちゃん、今度、きっと家に来てよ。私も一人になってしまったんや。同級生で仲良しは、奥さん、この人ぐらい」

まだ、中学生であった、あの近所にいた中村亜紀子が大人の、そして老い始めた姿を目の前にして、その言葉は、亜紀子の外交員サービス精神でもあったろうが、この田舎で初めて聞いたような、栗田自身に投げかけられた慕わしい言葉遣いであった。

翌年の二月末、亜紀子はご機嫌伺いと言って、山にあるタラの芽を天ぷらにしたらと玉ねぎと共に届けてくれ、食卓に座って最近は肩凝りのマッサージ治療に接骨院に通うことになってと話が始まると、美智代も大阪の病院までリウマチの治療に一人で電車で通った時のもたつき話を楽しんでいたので、栗田は自室でラジオに耳を澄ませ

ていた。

　その日の帰りに亜紀子は、

「何か手伝うことあったら遠慮なしやで」

と、駐車場に駐めた白いセダンの運転席から声を掛ける顔は、陽射しに化粧映えもし、何時でも大丈夫だからと目で合図する表情は爽やかで、

「秋には、来て頂戴。富有柿の取り入れ手伝ってよ。出荷に間に合わせるの一仕事や。手伝いの人もいるから大丈夫。亮ちゃんでも出来る。お願い」

と、今度は、女から男に頼るような顔になった。

「分かった。きっと行くから。楽しみにしてる」

と、栗田は亜紀子の要請に迷うことなく答え、古里での初めての農作業を手伝える事に喜んでいた。

　自分で望んだような古里の暮らし、柿の収穫を自分の手で手助け出来る、この土地との向き合いが自分の意思で出来る機会を逃したくはなかった。

　大畑亜紀子の心配りに魅かれるように、栗田は古里という在所の世界に導かれてい

った。

参

十一月に入っての第二週目の木曜日、前日に亜紀子から柿の取り入れの手伝いが欲しいとの連絡に、朝食も昨日の夜食を温めるだけで手早く済ませ、栗田は亜紀子の家に軽乗用車で向かった。

去年の秋、亜紀子から頂いた柿のお礼にと、年末、お歳暮を持参するというより、美智代が亜紀子の家まで行ってみたいとの声に、食用油セットを自宅まで届けに行ったことがあったので、県道に面して南の高野の山裾に広がる立冬過ぎの稲田の収穫も済んだ耕地の奥に分け入った亜紀子の家にたどりつくのは、順調であった。

家の裏、畑を挟んで小高い山に植えられた富有柿の樹の下では、既に手伝いの男手二人が三角梯子に乗って、柿の取り入れを行っていた。

山の柿畑も収穫の中頃、亜紀子は到着した栗田を認め、山の方に案内しながら、

「亮ちゃん、おおきにやで」

と言い、肩に掛ける丸い篭と切り取り鋏を手渡してくれ、山への登り口にまで枝を伸ばして柿の実が垂れているところで、柿の一つを持って鋏の使い方を実際に見せてくれた。

切り取り鋏は、刃の部分がゆるい弓形となって、柿の蒂のすぐ上で枝から切り離すことをし易くしていた。

「急がんでよ。手切らんよう。そうや、軍手忘れてた、後で持ってくるわ。柿は篭に重ねるように置いて、重くなったら梯子降りて篭を交換するんよ」

「分かった」

と栗田は答え、篭を肩に掛けて亜紀子から軍手を受け取るまでに上に登っておこうと、柿の枝を潜りながら山の斜面に足を運んだ。

三角梯子が横に置かれていたので引き起こして立てているところに、亜紀子が軍手を持参し、亜紀子に続いて斜面にある一本の柿の樹の下まで登っていった。

黒ずんだ幹から伸びる太い枝は地面に平行になるくらいに伸びていたが、幹の頂上にある枝に重なるように実る柿の実の採取は、梯子がなくては無理であることが分かる。

「梯子、落ちたらあかんで。骨折する人、多いんよ。無理に手伸ばして採らんでも、降りて梯子動かせばいいんだから」

と、神経質な声で、亜紀子は叱るように注意した。

一本の柿の樹に成る朱色の実の重なりは、いわば鈴生りの状態で、葉の落ちた後に朱色の塊かと思える色の強さであり、枝が実の重さで曲がっていると思える程、その圧倒的な豊かな秋の実りに立ち向かわねばならないと気構えさせることであった。

篭を腰側に回し、鋏を右手に梯子を二段、三段と登って枝に有る一つの実を片手に掴んで切り取った時は、掌に余る富有柿の実の大きさ、またその実の重さを身体で直に感じとることになり、その瞬間、栗田が何やら古里で成し遂げたいとする期待に応えたらしく、栗田の股間、金玉辺りが締まったというか、震えたようであった。

一本の枝の手の届く範囲での実の切り取りは、梯子から足を滑らせないかと慎重さが必要であったし、篭に置いた切り取った柿の重さは想像以上のもので、梯子に乗る足元の土踏まずや腰に当たることの負荷も大きいことであったから、梯子の上に篭を乗せ、自分も落ちないように慎重に身体と腕を動かして柿の実を切り取っていった。そして、何度も登り降りしながら梯子の位置を直して緩い斜面に安定させる作業も、確かに手間のかかるものであった。

樹の上の手の届かない枝にある柿の実は、長い竹竿の先に針金の入った口を持つ袋で引っかけて後から取るんだと、男手の手伝いの人に教わって、一息、亜紀子の用意したお茶を飲む休憩時間に試してみると、簡単に実を引っかけて取る面白さがあった。

二本目の柿の樹も半分切り終えようとしたところで、亜紀子の

「皆(みんな)、昼にしよう。降りてきて」

との声に、主屋の裏庭に敷かれたブルーシートに集まり、昼食となった。

冷えたお茶のペットボトルの傍にはビール缶が盥の水の中、氷とともに沈んでいる。

「おまんも飲まんのか。頂いたれよ」

と、年嵩の男手の一人がビール缶を取って手渡してくれた。

「おおきに。アルコール残らんかな」

「これぐらい、動いとったらすぐに醒める。飯前のこの喉の通るのがたまらん」

「酒飲みに付き合ったら、亮ちゃん、梯子から落ちてしまうよ」

と亜紀子は言いながら、から揚げや野菜の天麩羅、そして、にぎり寿司の入った一人前の弁当箱を配ってきた。

手伝いの男手は、亜紀子の亡くなった夫と義弟とで経営していた織物工場の工員であった。

戦後、パイル織物で栄えた町、道路を歩いていてもどこかしら織機の筬（おさ）が交差する音が聞こえた程であったが、今は、昔のように織物をする工場も数える程で、静電気を帯びない特殊織物や、毛布の製造がやっとの産業になっていることを弁当を食べながら栗田に話してくれた。

既に亡くなった栗田の父と二人の兄も、この町の産業であった織物の加工という仕事で暮らしを立て、中学、高校時代には栗田も手伝いもしたが、東京でアルバイトに励む必要もなく、四年もの仕送りをずっと受けることが出来たのだった。

柿の生産量日本一と言われる町だけに、九月ごろからの早生の種無柿の出荷からこの月の富有柿まで選果場もその受け入れに忙しく、亜紀子の家の出荷量は少ない方であったが、大方に柿の切り取りは今日中に済ませなければならなかった。

　弁当を食べ、ビールを飲み、再び柿の採取に取り組んで、途中の休憩には捥いだ柿をおやつにしながら、やっと夕方に終わることが出来た。

　亜紀子は、取り入れた丸い篭から、出荷用の四角いプラスチック箱に、虫食いの目立たない、柿色の良い実を詰め替え、出荷の準備に当たっていた。

「亮ちゃん、疲れたやろ、有難う。今日は、虫食いがあるけど、持って帰ってよ」

と、段ボール箱に出荷しないと選り分けた柿を詰めて、帰りの車まで運んでくれた。

「今年もまた、食べられるから嬉しいよ。今日は、いい経験させてもらえた。虫食いがあっても、この蔕から剥いた柿の実、一番いい味するよ」

「そうよ。また、樹に残ってるの私が取ったら届けるよってに待ってて。お子さんにも送れるように」

と亜紀子は言い、栗田の初めてといえる古里での農作業体験も、身体全体が疲れるものとなっていたが、自宅に向かう車の中では、山に沈もうとする赤みの強い太陽に照らされる雲の照り映えは初めて見るような窓に広がる景色で、今日の亜紀子の昼食の計らいと、朱色に輝く富有柿の取り入れで汗をかいたと実感した新しい体験の一日であった満たされ方に、納得して車を走らせていた。

四

古里に帰っての四年目は、亜紀子との約束を果たすのに忙しい年であった。

一つは、柿の摘果と柿の取り入れであったし、前後するが、田圃の稲刈りを九月に手伝ったのであった。

その日、栗田は、亜紀子の家に向かう道を走りながら、山裾の開けた谷間に、小川が流れ下る奥の山側から段々に降りてくるように広がる耕地に刈り取られた田と、まだ稲穂がある田の黄色い畝を見ていた。

亜紀子の田圃もこの中にあるのであろう。

隣の古い瓦屋根の農家と対照的に、街中にみるプレハブ住宅の玄関のインターホンを押して、「栗田です。おはよう」と声を掛けてから家の裏に回ってみると、小高い山に広がる柿畑は、黄色みを付けだした柿の実が枝に垂れ下がり、手前の畑の中には、先の尖った緑の渋柿も鈴生りになって朝の太陽に皮肌を輝やかせている。

家の勝手口から出てきた亜紀子は、既に稲刈りをする支度をすませて長靴を履き、麦わら帽子に日除けの白いカバーをかけ、手に持った丸い竹籠には鎌と給水ポットがあり、上下は学生が着るような青のジャージ姿であった。

「出掛けよう。歩いてゆくよってに、途中、カメラで自由に撮影したらいいんとちがう」

と、足を刈り入れする田圃の方に向けて歩き出した。

「分かった。すぐ行くから」

と、車に置いた小型カメラとペットボトルを入れた手提げ袋を取りにゆき、亜紀子の後を追いかけた。

栗田は、小川沿いにある農道を歩きながらカメラを構えて、稲刈機が黄金色の田圃の中で刈り取っている風景をバックに、畦に咲くヒガンバナや、咲き始めた一本のコスモスの花を写していった。

九月に入っても暑さの衰えない日々、亜紀子から、

「亮ちゃん、明日、身体空いてる。稲刈り、ちょっと手伝って。刈り残した田圃あるのよ。たのむわ」

と、連絡が入った。

栗田はその際、昨年の文化の日を中心に開催された中央公民館での市民文化祭で見た市民写真展で、地元のこれまでも見たことのない風景写真の何点かに新しい魅力を与えられていたので、亜紀子の稲刈りの申し出に、それならここは一つ、自分でもカメラで撮影する機会にすることが出来そうだと、前もって亜紀子の了解を得ていた。

亜紀子の後ろ姿が写らないようにカメラを構えていると、

「亮ちゃん、もう、昔みたいに人手はいらんのよ。脱穀までしてくれて、藁もない。全部、機械でコンピューターよ。田植えも、上手に機械が」

「そうやねえ。親父のほんの小さな田圃で、田植えも稲刈りもしたけど、そこも次兄の子供の家と駐車場になったなあ」

「あの、国鉄の住吉橋の傍、亮ちゃんの生まれた家のところ？」

「そう、そこも、今は空き家。誰も住んでないよ。兄貴も倒れて逝ってしもうたし、佐知子姉さんは早くに亡くなったからね」

歩きながら再びカメラを構え、刈り取られた山裾の田圃の方に向けていると、

「ここここ。うちの田圃や」

と、亜紀子が歩みを止めた。

稲刈機が畦の側から野球の内野グラウンドを均して走るように稲を刈り取って進んでいた。

「長谷川さん、おおきに。朝からすいません」

と、亜紀子は大きな声で、野球帽をかぶって運転する白髪頭の日焼けした顔に向けて腰を折った。

長谷川さんは、機械を止め、

「この下の田圃、夕方までには終わらせるさかい。今年の稲はいいよ。大雨にも倒れてないし、虫にもまけてない」

「好かった。今日は、この人、カメラ持って撮影ですんや」

長谷川さんは手をあげ、エンジンを回して稲刈機を発進させた。

「亮ちゃん、この隅の小さい田圃、これから稲刈りやよ。手伝って」

と亜紀子は農道に沿って流れる水路を跨いで、小川側に半円に膨れる段差のある長さ七メートルばかりの狭い田圃に降りて行った。

二人が田圃に立てば袖が触れ合う程であったが、亜紀子が竹籠から取り出した鎌で手際よく刈り取ってゆくのを見ると、競争心が湧きだして、与えられた手袋と鎌を持ち直して反対側から株を切りだしたが、亜紀子の素早い音もないような鎌の音とは明らかに違うのであった。

「亮ちゃん、鎌を引く時、指を切らんようにな。上に引いたら危ないよ。慌てんと一つ一つ。気いつけんと、腰、痛なるよ」

と、亜紀子の声も耳に届いたのかどうか、見よう見まねで、切り取った稲株を後で藁で括りやすいように、逆ハの字に三株ずつ重ねるように鎌を引いていった。

そうする栗田自身は、この田圃に実った稲と土の手ごたえを掴み取ったように感じて、その土地がここ、この手先にあると思い始めた途端、三歩も進まない内に腰が痛くなって、腰を伸ばす姿勢もよろめく始末であった、

ペットボトルの水を飲み、亜紀子の姿をカメラに収め、汗を拭いていると、既に、亜紀子が田圃の半ばまで刈り取っていた。

「どうしたんや。こんな小さい田圃やのに。情けない」

と、再び腰を曲げて刈り取る手を休めなかった。

栗田は、漸くに刈り終わった稲束の括り方を教わり、長谷川さんの刈り取っている田まで稲束を運ぶことは自分がやるといって、また、一息、汗を掻き、ペットボトルの水を口にした。

東京に出て以来、米を食べることはいくらでも出来たが、機械の入らない稲刈りの経験は古里でしか出来ない、実りの秋のしんどさでもあった。

稲刈を終え、亜紀子の家の台所に招かれての昼食は、いなりずしと味噌汁であったが、食卓の上で、甘辛く煮た油あげの袋に五目御飯をつめる賄いぶりは、栗田の母が竈で炊いたご飯を盥に広げて作ったいなりずしもこのようであったと思わせる程、目

の前の亜紀子の手と体の動きは母のようだと意識して思っていた。背は高いが亜紀子の顔を見なければ同じであると思っていた。

五

燕も水を張った水田の上をすれすれに飛び交い、小川に沿った農道も白つめ草の白く丸い花がしっかりと根を張っている。

四葉のクローバーがないかと足元を見ながら歩いたが、その葉は見つけられなかった。幸せを呼ぶという葉っぱを手に出来ないか、出来たらいいが、との期待も無理なようで、シロキチョウが亜紀子の田圃に案内するように舞い、風も緩やかで陽射しも雲の間から差し込む快適な昼過ぎであった。

栗田は部屋で過ごす時の服装のまま、長袖スポーツシャツにウインドブレーカー、ランニング用長ズボン姿で、運動靴をビーチサンダルに履きかえた恰好で、亜紀子はいつもの長靴に子供が着ていたのか胸に校章のプリントが薄く残る上下の水色の体操着姿に白い日除けの帽子を被っていた。

二人で連れ立って農道を下りながら段々に下がってゆく水田は、ほとんど苗が植えこまれ、田植え機の出入口となったため植え残した水田を女の人が手で植え直しているのを見るぐらいであった。

去年の稲刈りの時と違って田に水が張られ、空の雲が映りこむ川に突き出た小さく半円形を描く水田に着くと、水の取り入れ口に黄緑色の稲の苗が纏めて置かれていた。

「亮ちゃん、昔、田植えしたから植え方わかるでしょ」

「でも、忘れたよ。苗は二、三本ずつでよかったかな」

「そう。この幅だから、一人で奥からやってみてよ」

と言われ、ズボンを膝上まで捲くり上げ、苗を片手に取って、畦を通って鍬で均された水田に片足を突き入れた。

「おお、冷たい」

と声が飛び出る程、泥水の冷たさに驚かされながら、後ろ向きに両の足を構え、左手の苗を二、三本と掴んで田の泥土に右手をもぐらせたが、まっすぐに苗の根を立てるようにはいかず、一列全てが横向きに潜ってしまった。

「苗の根を上から下に少し滑らすように置かんと駄目。天皇陛下に申し訳ないやないの。陛下の方が我々より上手なんて。豊作を祈って皇居で田植えされるの知ってるでしょ。不敬罪や」

と、亜紀子は畦に立ったまま栗田の田植えの様子を眺めていた。

「はい、はい、亜紀子皇后、わかっとる。ちゃんとやる」

と、冗談も軽く口をついて出た。

ひとつのコツが分かれば手の動きも右から左とスムーズになって一列、もう一列と苗を植え終わり、後ろ向きに泥田に突っ込んだ左足、右足と抜きながら後退していった。

大きく左足を抜いて、今、植え終わった苗を上から見ようと腰を伸ばして頭を上げながら右足を動かそうとしても田の中の足は泥に深く入り込んだためか、泥土に固められたまま動かせることが出来ず、引き抜こうとするにつれ身体のバランスが崩れ、力まかせに引き抜いたと思った一瞬、左足で身体を支えきれず、捩(よじ)れたまま「あっ…

…」と泥田に倒れ込んだ。

右足は泥をつけたまま、水田の上の空に伸びた。

白い足に黒い泥、土の黒い色が白みがかった空に映えるのが泥田に倒れながら一瞬、栗田の目に映った。まるでカメラで一瞬、捉えたように瞼に残った。

そして、泥を背中の半身に浴びることになった。


「どうしたんや」

と、亜紀子は田植えの手を止めて畦に立ち移り、栗田が泥田に半身を横にしたまま左足を抜くのを泥田の中に入り手伝ってくれたが、泥田に食い込んだ左足の捻じれを戻すことにてこずり、亜紀子も両の膝を泥田に突いて泥に汚れることになった。

栗田は、手をついて泥田からやっと抜け出すと、亜紀子は、

「えらいこっちゃよ。ちょっと、休憩しましょう」

と、その場の畦に二人とも座り込んで、掻き回された田の泥と足の抜けた穴、泥に潜り込んだ稲の苗を見る羽目になった。

「足の動きがとれんかった。余計に足が潜り込んでふらついて」

「そら、無理ないわ。足の運びも身体の運びも、全くの素人なんやから。やっぱり、役には立たん。遊び人や」

「倒れた時は心臓がきゅっとなったよ」

「あと半分もないわ。汚れついでや、亮ちゃんはさっきのところから続けてよ。終わらそう、出来るでしょ。陛下も男やよ」

「はい、はい、でも陛下は神様やで」

「返事良いのは亮ちゃんの癖やったか」

「そんなことないけど。若い時、上司に机をたたかれた名残かもしらん」

「優等生の成れの果てや。田の神さんの手伝いも出来ん人や」


大畑亜紀子の言うとおり男の成れの果て、大学を卒業し、食品工場の幹部と一応の格は頂いても、たかがサラリーマンという四十年間の会社勤めであった。そして古里での亜紀子に導かれた農業体験は三年目。

しかし、いま、泥田に転んだことで気付かされた。

無様に情けない様に転んだことの成れの果て、恥も外聞もない今の自分がいて、空に伸びた自分の泥のついた白い片足を一瞬捉えたことで、今までとは違う別な自分の形、黒い泥が鮮やかに見えた片足が、自分そのものの姿を見せてここに存在しているような錯覚。

これまで、栗田が古里に求めていた何かが、この今、泥田の片足が新たな自分の形、存在を示してくれたようだと。

空に伸びた泥の付いた片足が偽りのない自分そのものの姿。この泥田の上に自分の精神も肉体もあっけらかんと空に一瞬に浮いて、泥田が身体を受けとめてくれた。

亜紀子の家の田圃であったが、古里に帰って父の、母の影を探しながら自分が守るべき土地などないのに、仮にでもそれを探そうとしていた居場所が、この泥田の中に、自分の下に有り、汚れ放題でこそあったと。

そこだけが、自分だけの古里の、田舎の在所の土地として肩代わりしてくれた、ここが一時だけでも望んだ居場所になったと思ったのであった。

田植えを終えて、浅いながらゆるゆると流れる小川の中に足を着け、手足を洗い、上着や長ズボンについた泥をタオルで落としながら、水の溜まりに生える水草の下に、黒くて小さい巻貝が見え、小ぶりなザリガニも足元に動いて、人間以外の生き物を初めて見たような親しさを感じ、この小さな流れの傍らに見られることが、改めて古里の水辺の発見になった。

「亮ちゃん、帰ろう。身体冷えるから。ご苦労さんでした。秋が楽しみやわ。また、稲刈りお願いね」

との声掛けに、やっと手伝いが終わったことを確認すると、山の奥から段々と広がる田圃の中で、本当に小さな瘤のようなはぐれた一枚の水田でしかないことに、改めて気付かされた。

亜紀子の家に着くと、汚れたままに台所の勝手口から部屋に入った。

亜紀子はすぐに着替えを用意するからと言って、納戸部屋を行き来し、風呂場に湯を溜める準備もして動き回る泥着のままの亜紀子の動作は、まだ生命保険会社に時々に出社する動きのままであったろう。妻の美智代よりも六歳も年上の割に大柄な身体から手際の良い段取りに見とれていた。

栗田は田圃で倒れて汚れた衣服のまま、台所の椅子と床に新聞紙を敷いて座り、亜紀子の動きを追っているだけであったが、その間も、仮にではあっても、先程の泥田に自分の居場所はあっていいんだと思おうとしていた。

亜紀子が台所に顔を出し、

「有り合わせだけど、長男が着ていたのとか、旦那のつけていたのとか着て帰って。汚れたのは洗っておくから。パンツはどうする。女物は嫌でしょ」

「要らない。ズボンさえあれば。汚れたのは持って帰るよ」

「いいのよ。風呂、沸いたようや。さあ、入って」

と、替え着を私に手渡した。

風呂場には、洗い終わった新しいバスタオルが置かれていた。その上に替え着を置くと、汚れた上下の衣類、下着の全てを洗濯用篭と思える中に放り込んで、他人の家で素っ裸になること自体が異常に思うのであったが、身体の冷えもあり、自分の陽物(ようぶつ)は小さく縮まっていた。

プレハブ住宅の風呂は、栗田の住む賃貸アパートと同じ機能であったから、シャワーの栓を開けて流しながら身体を温め、まだ、手や足、首周りに残る泥の跡を流していった。

洗い椅子に座って石鹸をタオルに付けて身体を擦っていると、亜紀子がドアを開け、顔をみせた。

「どう、丁度いい」

「うん、丁度いいよ。好い風呂や」

「そう、よかったわ。私も入るわ。泥落とさせて」

と言って、亜紀子が紫色のパンツをつけたままに飛び込んで来た。

シャワーの栓をひねり、両の乳房の間に湯を流しつつ身体を回して後ろに向けても湯を身体に掛け流し続けた。

パンツは濡れるままで、

「パンツ脱げへんの」

「私かて女や。見せられへんとこもあるわ」

「大胆な。やっぱり亜紀ちゃんやな。こっちがびっくりしてしもうたがな」

亜紀子は、シャワーを身体に押し付けたまま、

「亮ちゃんとこうするのも、何かの縁や。男の裸、見るの久しぶりやんか」

と、顔を私に向けてシャワーの湯を私の座る椅子に向けて流した。

「亮ちゃんのは、昔、恋野川の砂利を掘った人工プールで。小学校の時やったなあ。地区のPTAの人に連れられて。……ふるちんで泳いどったとき見て以来かな。隣の森本君も素っ裸で泳いどった」

「そんなこと、忘れてたよ。二年生と違うか。学校にプールが出来る前だったよね。亜紀ちゃんは、白いズロース穿いてたな。川の水が流れて入ってきて……担任は。何と言う先生やった」

「忘れてしもうた。女の先生……アキタ先生……違うかな」

年老いた今でも、本来なら恥ずかしげも素っ裸も躊躇させる気持ちも必要であっただろうが、田植えの泥をこの浴室で二人で落とす行為は、それらの性のためらいの垣根は無くなったと言えた。

栗田は洗い椅子から立ち上がり、シャワーを取り上げて亜紀子の肌に湯を滑らせ、両の乳房の垂れた先に黒くある乳首を触った。

若い女の肌でもなかった。

それでも、ふくよかな形の乳房に畏れる気持ちであった。

栗田にとっては、小学生の時に見た亜紀子の胸が膨らんで女の象徴のような、今の、亜紀子の胸に触れるのであった。

「そっと摘まんで」

と、亜紀子は乳房の左右に手を添えた。

「中学生のときから大きかったね」

「膨らみが自分みたいに」

「綺麗やったよ」

と、栗田は右手で乳首を差し上げ、右、左と乳房を持ち上げた。

亜紀子は胸を伸ばし、

「もうこんなに垂れてしもうたわ」

と言い、

「亮ちゃん。隠れてるの触っていい。大きにしてあげよか」

と、亜紀子は手を伸ばして栗田の股間を探り、男のさきを指に握った。

亜紀子の手先にある陽物はまだ緊張していたのか、指に挟まれ動かされても形を変えなかった。

亜紀子はそっと手を離し、私からシャワーを取って石鹸の泡を落とすように股間に湯をかけてくれた。

「お湯で温まったら」

と亜紀子に言われ、洗い椅子を交換し、浴槽に浸かって亜紀子のからだを洗う一部始終をこの歳で初めて見ることになった。

亜紀子の六十八歳を過ぎた身体に残る柔らかな線を眺めるのは、亜紀子その人とは別な、公園に据えられた動かないモデルの裸体彫刻を眺めているような気分であった。

亜紀子の長い首から胸をタオルで洗う手に、マニキュアの残る小さな色が泡の中に見えた。

栗田は、洗い桶を取って浴槽の熱い湯を背中にそっと流し続け、亜紀子の肌の寒さを温めた。

透明なお湯が首筋を伝わり、乳房の先から流れ落ちていくのを珍しいと思いつつ、お湯を流しながら見続けていた。

六

古里で過ごす季節のスケジュールに、大畑亜紀子の農作業を手伝うことが定着し、春は柿の摘果、秋は柿の収穫と山の斜面で自然の恵みの波長とつきあえることは、栗田亮三にとっては、そのような土地も持ってはいないだけに望んでも叶えられないことが、亜紀子の計らいで続けられていることで古里で暮らす日常に変化をもたらせてくれた。

田植えの時の転倒があって、さすがに稲刈りも田植えもお声が掛からなくなったが、新しい秋の実りのことでは、干し柿作りが亜紀子の指導ではじまり、賃貸住宅の物干し場でも、毎年の正月を迎える前の定例の作業になっていった。

干し柿作りのその指導は、七十歳になって、第三回目の中学同窓会が箕面温泉で開かれた後、解散の余韻も冷めない十月も終わり、亜紀子から、

「今日は、干し柿の作り方を教えるから来なさい」

との電話での誘いに乗ったのである。

家の裏、野菜畑に一本だけある黄色く色づいた青みも残る渋柿の切り取りを梯子に乗って手伝い、柿の剥き方、熱湯での消毒の仕方を台所で聞いて二階の物干し場に上がっていった。

既に、亜紀子自身で手作りの干し柿のぶら下がりが棹の下に出来ていた。

亜紀子は、渋柿の皺の寄った釣り下がる干し柿の一つを手に持つと、栗田の目の前で、

「紐に蒂のある枝を通してここ、落ちないから。そして、乾いた冷たい風に当てるの。家の中ではカビがつくから外に干さないと駄目よ」

と吊るし方を教えた。そして、

「これは、一週間経ったばかり。触ってみて」

と、促した。

栗田は、皺の寄った渋柿の一つを手で摘まんだ。

亜紀子の白い手先の爪に描かれたマニキュアの水色は、やや赤みも混じった茶色い渋柿の肌の上では似つかわしくはなかったが、

「ここからが、大事なの。そっと摘まんで、手の、指の腹でそっと柿の果肉を柔らかく揉むの。優しく。そうするとゼリーみたいになるから」

と、亜紀子は手先でやってみせた。

「こうか」

と、栗田も指の腹で挟んで、硬くなりかけた渋柿を指の腹でゆっくりと揉んだ。

「そう。亮ちゃん、揉むのはお得意でしょ」

と、亜紀子は栗田の肩をつついた。

こうして見よう見まねで始まった干し柿作りも、富有柿の収穫作業の手伝いの後で、栗田自らが渋柿の実を切り取り、持ち帰ることになって、約二週間で干し柿は出来上がるのであった。

冷凍庫に仕舞った栗田自作の干し柿を、冬の間、一個、一個とお茶と共に妻と齧る新しい味わいを知り、亜紀子という同級生、農家の主婦と保険会社の非常勤ワーキングウーマンの仕立ては、田の神、山の神のごとく、栗田に幸いをもたらしてくれているのであった。

七

このような栗田亮三の古里での日常、もう何年目の冬を迎えたのかと数えても忘れているくらいに、なじんだ田舎の景色の中で、二人で暮らすことの生活、妻の美智代のスーパーへの車での買い物、紀見峠を越えての医療センターへの送り迎え、栗田にとっては週二回に増したテニスに、時たま大阪・なんば周辺に出掛けて外国映画を見たりジュンク堂書店で本を選ぶ栗田本人の身体もいつも通りと思っていたところが、七十三歳となる年の正月、自らの右半身が麻痺することは、予期も出来ない、また痛みも何もない突然の出来事に慌てふためくことになった。

朝の食事に珈琲と粒餡パンを食してから、自室のソファーに座って食卓の前に有るテレビを眼鏡をかけて眺めていたところ、右足が緩んだように感じた。膝を上げてみようとしたが指示通りに動かない。

右手を上げてみようとしたが、上に伸びきらずストンと落ちて上がらなかったので、立ち上がってみようと左手でソファーを支えにしてやっと伸び上がったのであったが、右の足が力なく、歩く気持ちがあっても踏ん張ることが出来なかった。

左足に重心を移して上体を持たせながら、栗田は突然の身体の変調に不安な気持ちを抑えきれないまま、隣の部屋に寝ている美智代に向けて、

「身体がおかしい。右側が動かない」

と、大声を出した。

身体のどこにも、頭にも痛みの印に気付くことは無かった。

だが、自らの身体に起きた異変、自分は異常な事態になっていると意識する自分の気配に、すぐ病院に行かないと駄目になるかもしれないと判断出来ると、美智代にタクシーを直ぐ呼ぶようにと伝えた。

美智代も夫の身体の動きの普通でない気配に、近くの病院通いに利用するタクシー会社の手配を始め、栗田は左足で支えながらベッドに腰を下ろして寝間着のジャージを妻の手を借りて着替えると、まずは急ぐことが大事だろうと、高齢者健康診査を受けていた恋野川の傍にある紀伊総合病院に直行した。

受診開始直前の時間であったが、病院のドアを妻の美智代に支えてもらいながら開けてもらい、半身不随の我が身が精一杯足を引いて歩く姿になってしまうのか、栗田の頭の中は、その姿に失望し、何度も自分の姿を追いかけると、恐怖も湧き出ていた。

栗田の朝の様子を美智代が受付の看護師の女性に話す間、椅子の背にやっと掴まり立ちするのを堪えて待っていると、直ぐに車椅子に乗せられてＭＲＩ室に入り、結果、脳梗塞と診断されたのであった。

入院から一ヶ月近く経った頃、栗田自身も驚くことになったが、幸いと言っても言い過ぎではない程に、右半身の機能は徐々に回復する予兆に恵まれ、リハビリも順調で、声も食事も耳も視力も従前と変化ないくらいに病室で過ごすことになった。

そのような時、中本武司君にだけは、病状が落ち着いたと携帯電話で話したのであった。中本君には、

「見舞いには来なくていい。退院したらお訪ねするから」

と、伝えていた。

ところが、その二日後、大畑亜紀子と坂田明美と井上多香子の三人が、予告なく訪ねてきて、私達からのお見舞いだといって、封筒に入れたものを渡しに見えたのである。

まだ冬の最中、珍しく朝から霙(みぞれ)の降る天候であった。

オーバーを着て、多香子は白い毛皮のような首巻、亜紀子は毛糸の長い一本のマフ

ラーで首から顔を丸く包んでいた。明美はダウンコートのフードを頭の髪の上に載せていた。

部屋にある二脚の椅子をベッド脇につけて近づいた多香子と明美の二人とは動くことになった右手で握手をし、亜紀子は、ベッドの足元の毛布を自分で除けてそこに座ったので、栗田は腰をずらせて左手で身体を支えながら思い切り右手を伸ばして亜紀子の手を握った。

暖房のある部屋で温まったのか、多香子が首巻をとって膝の上に置くと、栗田の右手を両の手で取り結びながら、

「半身やられたって、中本君言ってたけど、ちゃんと手も動くやんか。どうなっとるん」

と、右手を揺すってみせた。

「武ちゃんには、ちゃんと説明したよ。ほぼ、元に戻ったって」

「なあ、亜紀ちゃん、中本君に騙されたなあ。もう動けんて言うから、見舞いに行け危ないぞって。これは大変やから、顔見て励まさないかんからと、亜紀ちゃんに連絡

したら知らんかったと言うし、明美にも知らせたの」

「ありがとう。心配かけたね。俺もこうなるとは思ってなくて、握手も出来てこうして動くのはビックリしてるんや。それしかない。倒れた時はあきらめた。ほんまに」

栗田は三人の顔をみて、頭を下げた。

亜紀子は、ベッドに伸びた裸足のままの栗田の足首を叩きながら、

「心配したけど、気が抜けるくらい安心に変わったわ。奥さんも喜んでるでしょ」

「ああ」

「わたしの主人は、先生も内々言ってくれていたから気持ちの準備はあったけどね。でも、亮ちゃん、死なんでよかったよ。まだ、生きなあかん」

「頑張るよ。まだ脳出血とかでなかったんやから。高血圧や高脂血症を放っておいたツケや」

「東京やったよね、お子さんは知ってるんでしょ」

と明美が聞いて、今度は多香子から栗田の右手を取った。

「家内が連絡して、落ち着いたと言ってある。仕事もあるからこちらには来ないよ。

娘も同じ。お見舞いは皆が初めて。ありがとう」

亜紀子が、再び長い指先で栗田の足をさすりながら、

「うちら、同級生。何の恨みも妬みも羨ましい気持ちもない仲やんか。ごく自然な中学校、小学校のわけ隔てのない、あの当時のままやから、それだけに大事に思うんや。その後の大人の時代とは違う。うちの旦那や家族ともまた違う仲、いうたら輪があるんや。なあ、明美」

クリーニング店を経営する明美も、

「うちも、亜紀子の言う通りと思う。単に仲良しだったからでもないねん。照ちゃん、旧姓、前田照子が亡くなったの栗田君知ってる」

「知らない」

「そうよね。去年の六月、上清谷の家で葬儀があって、私ら行ってきたんや。中本君も、栗田君の仲良し組、和井田君も来てくれた。亮ちゃんはずっと離れてたから照ちゃんのことあんまり知らんでしょ。村の神社の夏祭り、『鬼の舞』が有名なんや。生まれた一歳ぐらいの子供が鬼に噛んでもらうために仰山参ってくれる。子供が健康で

丈夫に育つように言うて。毎年でもないけど、夏祭りには皆で照ちゃんとこに集まって女ばかり、ワイワイ。照ちゃんは胆のう癌やった。あのいつも逢う度、朗らかな明るい赤い頬と丸い顔が忘れられんのよ。まだ中学生の昔のまんま、より赤い顔が年取ってもきれいなんよ。高野山のお寺の山守、林業がご主人の仕事やったから、照ちゃん、苦労も大きかったんと違うかな。可哀想やったわ」

多香子も、

「私ら、亮ちゃん、おったよなあ、元気やろかと思い出したら、こうして、お見舞い出来ることが自分らの何や、変わらない仲間の気持ちの内に戻れてほっとするんや」

と、言ってくれた。

「おおきに。長いことそのこと忘れて、あちこち異動ばかりやったんや。亜紀ちゃん、多香ちゃん、明美ちゃんの中にいつも忘れられんと居たんやて、今、改めて教えられたよ」

夫と共に自動車修理工場を持つ多香子は、薄ピンク色のハンカチで目頭をぬぐった。

そして、

「退院したら、また、会おうね」

と、言ってくれた。

栗田が三人のお見舞いを開けてみると中本君を加えた記名があり、古里で家を守り、構え、働きながらこれまで同級生であるお互いの関係を築いてきた、中本君をはじめ足を運んでくれたこの三人のあしらいの見事さに降参せざるをえなかった。

八

栗田が古里の住まいで右半身の機能を失って紀伊総合病院に入院中、妻の美智代も子供達に病状を伝え、「心配することはない」と説得もしていた。

近くに住む甥・姪達とは、ほとんど関係を持たないままに過ごしてきたので、身体の機能が戻りつつもあったことから、栗田は美智代に敢えて知らせることはないと言っていた。

それでも、こちらの長兄の子供には知らせなきゃと美智代が主張することに諍(いさか)いを起こしたので、妻がどう相手に伝えたのかは分からないままに過ぎて、結局は身内の者は誰も来ないままに退院の前夜を迎えることになった。

それはそれで、栗田自身が妻に言ったことの結果であったから当然と言えたが、何かしらこの地で住むことの期待であった栗田の父親の影も、母親の影も、もう何ら残ってはいないこと。それ以上に、自分の影も外にいた不在の四十五年間でやはり存在してはいないのだと気付かされることになった。

この今、栗田が妻との二人だけで暮らす日々、日を追って暮らしていただけのほぼ十年間、古里という懐は意外に根が深くて小さくて、あらゆる手立ても知恵も働かさないなら、その根を探すのも掘り出し方も知らないままに過ごしてきたと知ることであったろうか。

この先、この古里で暮らし続けたとしても、縁（えにし）を頼りに自分から変化を起こすことには疲れることは間違いはない。自分で動いてみようとは思わなかった。

栗田は、病院という夜のベッドで、生まれ古里だけに、この土地に溶け込んだように過ごしてきたかに思い返したが、親の影以上に自分の影は薄いこと、いや、やはり無いと分かったのだから自分がここに居ても、思い安らぐ場所は無いのだと、一方的に後退した考えに捉われだすと、それが結論として大きくなり、窓に引かれた白いカーテンの闇の向こうに有る古里の土地が希薄化してゆくような思いに駆られた。

栗田自身の古里に向き合うことの無力感をどう自分で処理するか、自分の責任にあるかもしれないと思えば、自分で何とかしなければならない。

転居は現状を変える最も簡単な解決方法である。

子供たちの住む土地、今度は栗田が亡くなっても身元引受人が確実にいる土地に住んでみるのも、一つの答えである。その方が、妻の美智代にとっても都合が良い筈だ。

今度は、自分が死んだ後のことを考えておかなければならないのだ。

栗田は、再び、転居を選ぼうかと思った。

最後の転居にするつもりで、古里でこの十年間過ごして来た筈なのに、更にもうひと踏ん張り、今まで通り古里に留まろうとはしないのか、そのことの方に考えは思い及ばないことであった。

美智代からは、折角に慣れてきた土地だったのに、また引っ越し貧乏になると苦情が返ってくることは間違いない。

栗田の子供からも、

「また、引っ越しするのか。古里は終の棲家じゃなかったの。お父さん、何か有ったの」

と、父親の考えが理解が出来ないという顔をして、転居も無条件に歓迎はしてくれないかもしれない。

だが、これも自分の人生、この先、身体の異変がいつ起きてもおかしくはない。子供をよすがとしてなるようにしかならないのだろう。

いつも通り、栗田が自分の思いを実行しようと決断したら、自分で決めたことも勝手に変更というか、壊してしまう癖が出たと言えた。

今度の転居の理由は、栗田には、表向きには、「子供達の近くへ」である。そのことに、古里で世話ばかり頂いた中本武司も大畑亜紀子も、異を挟む(さしはさむ)ことはないだろう。

老いて自分の住むべき土地は何処か。また探すことを、それを引き受けるしかない。

古里で終わる筈だった転居が、また、元に舞い戻ることになる。

渡り鳥が、元の棲家に還るようだと言えば不思議でもなんでもないが、自分で在りうべき古里を求めていたのに去ろうとする。そこにまた、大きな無念も感じざるを得ないベッドの夜である。

栗田にとって自分の古里に相応しい何かがあるであろうと望んだもの、期待したものは、中学同窓会の仲間との触れ合い、まして大畑亜紀子に助けられ、導かれるまま農作業をし、田植えの泥田の中で、たとえひと時でも在り得た自分の居場所、言ってみれば在所に土地を持たない者の内なる解放区として有り得た居場所はしっかりと掴むことが出来た。

泥田に転んで空に伸びた泥の付いた白い片足に、これまでとは違う新しい自分の形を見つけることが出来た。

古里の在所という世界に除け者にされたわけではないのだ。

大畑亜紀子に導かれるまま自分で作れたその解放区から、今度は自分の予期せぬ病の洗礼を受けた結果、性急に転居を選択しようとする。

古里から逃げ出そうとする泥田の片足は、今度は昔の都会の地に向いてしまうことになる。

古里でのこの十年、かつてない自分と妻の大切な経験を捨てて逃げてゆくようなのは、それでいいのかと自分を責める気持ちと、今後も住み続けての更なる居場所を古里で探し続けることへの早々とした諦め、そのことに栗田自身が持たねばならない喪失感と敗北感が両方に混ざり合い、どうしようもないその無念さは栗田の頭の中に渦巻いていることであった。

消灯後のベッドから見上げる薄明るい天井を見上げながらも、頭の中は堂々巡りで消しようもなかった。

ただ、古里で与えられた、大畑亜紀子が手引きをしてくれた大地の恵みの取り入れを何年にも亘って他に代え難い体験をしたことは、それだけを別な箱に仕舞って感謝の心で持って帰れるものである。

山の神、田の神の有り難いお裾分けが無念の思いの外に抱えてゆけることは間違いない。

それこそが、古里に転居して何かある筈と思い描いた全てと言ってもいいのだろう。

そう思わないでは、今夜の眠りにつくきっかけにもならないと、毛布を肩深く引き上げた。

＊　＊　＊

南西に向いたガラスサッシ戸の外、雲が切れたのか、ベランダに干した肌着の影が、太陽が落ち行き輝く陽射しに撃ち込まれたかのように部屋の白い壁の端に映しだされた。

栗田は、「転居のご案内」の挨拶状葉書に添え書きをしているところであった。美智代は近くのスーパーへ食材を買い出しに歩いて出掛けている。

古里の病院を退院してからおよそ半年後、まだ夏の暑さの勢いの衰えない日没前の陽射し、椅子から立ち上がるとまだ片付け残したままの段ボール箱の上に置いたペットボトルを取り上げて栓を回しながら一息、開け放ったガラスサッシ戸の前に立った。

壁際に置いたベッドの上、白い壁に栗田の上半身の影が黒く映し出されている。

壁に映る自身の上半身の影は、子供達の近くに住もうと、都内に住む長女の提案を受けて、東京メトロの駅にも近く、隣接する県立公園の杜もあるＵＲの集合団地の一棟、十一階建て十階の一室に落ち着くことになった自身の影。

古里の土の匂い、空の空気を納得するまで吸い込んだ栗田にとって、その在所の実りを手にし、中学同級生の人の情けや潤いにも満たされた古里を離れてこその自分を懐かしむ影。

そして、これからの先の分からない不明な日々が待っている筈のこの転居の地で、再びの老いの暮らしに向かう自身の影でもある。

その再びに暮らすこの地で、自分だけの居場所を探そうとしても見出すことが出来るかどうかは分からない。

自分の健康に自信を持っているわけでもない。

まずは、今日、只今、なすべきことを終えることにしなければならない。

栗田は、「転居のご案内」の残りの添え書きを完成させようと机に戻って、再びペンを執った。

夏色の桃に求めて

足早に駅構内の改札機にスイカカードをタッチして発車情報盤を見上げると、表示時計と各停電車の発車時刻とは一分の時間差しかない。それでも、まだ間に合うだろうと七番線ホームへの下りエスカレーターに駆け込んだ。と同時に、ホームの発車を知らせる駅員のアナウンスが耳に届いた。

私は、途中から慌てて駆け下りてホームに着地するや、停車する電車の開いたドアに走り込む。

「無理なご乗車はお止めください」との駅員のアナウンスが追い打ちをかける。

ドアの脇の誰もいない座席に腰を下ろして安心するが、胸が驚いたか息切れがして、おまけに左膝の関節が軽い痛みを発している。

家に帰るだけなのに急ぐことも無い筈で、左足の膝の調子もいまいちで無理することもなかったのだと自分を叱り、あわてもんの結果良しで済んだから良かったのだと改めて思い知ることであった。

電車のドアはすぐに閉まって発車した。

テニスラケットを入れたバックパックを背中から外して座席に腰を落ち着けると、

その時、右斜め前、向かいのドアの側の座席に、つば広の白い帽子を被り、胸に赤ん坊の顔を見詰めるように抱きかかえている母親が座っているのが目に留まった。

真夏の平日の午後、二時前の各停車両に乗客の姿もパラパラと、横長の座席を独り占めするぐらいである。

向かいの座席の母親はふっくらとした面立ちで生後三、四ヶ月にもなるかならないかの髪の薄い男の子に見える我が子に鼻先を近付け、あやしている。

汗で濡れた半袖のスポーツシャツの背を座席に押し付けて両足を伸ばし、電車の揺れと弱冷房した車内の心地好さに頭を後ろに目を閉じてしまった。

身体の疲れが少し緩む。

二駅過ぎたところであったろうか、目を開けると、向かいの母親は胸にある子供に乳首を含ませていた。それは、子供に母乳を与えているとは思わせないような格好で、白い半袖の服の左の胸元だけを少し押し下げて、子供の頭を薄い肩掛けで隠しつつ、頭を下げてつばの広い帽子で胸元を隠すようにしていた。

母親が一瞬、顔を上げた際、赤ん坊がせわしなく口を動かして服の上に覗いた乳首に食らいついているのが見えたのである。

座席の傍に見つめる乗客も見当たらない車内での事だからでもあったろう。哺乳瓶は当然、ドア脇に置いたバギーに掛けたバッグの中にあることだろう。

これまで、この都会で何十年も過ごしてきて、車内で乳房を出して授乳する母子を見ることは無かったから、この母子の場景(じょうけい)に驚いたのであったが、何故かこれが当たり前であって、目の前の座席の母子にほっとする慕わしさが漂って、違和感をもたらすことはなかった。

このような車内の授乳風景は、もう七十年前にもなるだろう小学生の頃、母と母の妹であるシマエ叔母さんに連れられて奈良の長谷寺やお三輪さんに御参りする時など、まだ蒸気機関車に引っ張られる客車の向かい合った四人掛けの座席で、座っていた若い母親が胸を押し広げ、片側の乳房も丸出しに赤ん坊の口に乳首を含ませているのに出会うことがあった。

「大きなお乳で。よう飲んではるわ。何ヶ月やろ」と母が問いかける。

「やっと三ヶ月」

「お乳だけか」

「ええ、そうです」

そして、シマエ叔母は、

「女の子やな。一人目かい」と聞く。

「二人目。また女の子やったと言われてしもうて。今日はこの子の検診で」

「そうか。きっとええやや子やよ」

子供に恵まれなかったシマエ叔母は、赤ん坊の丸まった小さな指を触ってみる。

列車の母子は次の停車駅で降りた。

当時の田舎では、抱きかかえた赤ん坊に胸をはだけて母親のお乳を含ませるのは何処に居ても普通のことであったから、テニス帰りに偶然であったにせよ、今どきの車内で自分の胸を少しだけ押し広げて乳首を含ませる母子の見せる姿は、自分の昔にでもあったことと、赤ん坊の時には母親の乳房に食らいついていたのが当たり前だと考え出す。

だが、向かいの母子のように私が母の乳房に食らいついていたというその記憶は残ってはいない。それは、母親に対して誰しものことで当たり前であったろう。

ただ、私の母が五右衛門風呂上がりに、胸を広げて納戸で着替えをするその時に見えた母の胸にあるお乳はふっくらでもなく、だらんと垂れていて、乳首もやや薄茶色であったのを確かに見ていた記憶は残っている。

その時の父も母も頭に白髪も見えていた。

親である父も母も年寄りのままに見えていた。

終戦前、食糧難の時代にまだ産めよ増やせよのことが両親にあったかどうかは確かめたこともないが、明治の末に生まれた母が同じ村の父と結婚、三十六歳の高齢出産であったと私を生んだ時の母の正確な年齢を知るのは、私が結婚し、自分の戸籍の写しを古里の町役場から取り寄せた時であった。

それまで、本当の父と母の年齢を知ろうともしないままだったのである。

私が結婚したその時の父の年齢は六十八歳、母は六十三歳であったことに、今でも、何故か申し訳なさが押し寄せるような気持ちになることがある。

そこには、もっと若い父や母を記憶していなかったからかもしれない。

父と母の若い時や、結婚した時、二人の兄、姉を産んだ若い時の母や父の写真を見たことは無かったし、見せられたこともなかったのである。何故かは分からないままだ。

私が持ち続けているアルバムの開いた最初も幼稚園の集団写真がスタートであった。向かいの座席の乳房を出して乳を飲ませる母親を見ながら、自分の母の若き頃なら、私より一回り以上も年上の二人の兄を育てた頃の母ならどのような姿格好であったのか、多分、着物姿に子供を胸に抱えるその写真が見られるなら、向かいの席の母親の胸と同じであった筈と想像もしてみる。

実は、その母親の乳房もこれから駅を降りてスーパーで箱台に並ぶ桃を買い求める時には、そのぷっくらとした赤ピンク色の膨らみにきっと母の胸の膨らみを見ることが出来るだろうと思いかけると、電車は私の降車駅に到着すると車掌のアナウンスが流れた。

料金受取人払郵便

新宿局承認

2523

差出有効期間
2025年3月
31日まで
（切手不要）

郵便はがき

160-8791

141

東京都新宿区新宿1－10－1

(株)文芸社

愛読者カード係 行

ふりがな お名前		明治 大正 昭和 平成	年生 歳
ふりがな ご住所	□□□-□□□□	性別 男・女	
お電話 番号	（書籍ご注文の際に必要です）	ご職業	
E-mail			
ご購読雑誌（複数可）		ご購読新聞	新聞

最近読んでおもしろかった本や今後、とりあげてほしいテーマをお教えください。

ご自分の研究成果や経験、お考え等を出版してみたいというお気持ちはありますか。

ある　　ない　　内容・テーマ（　　　　　　　　　　）

現在完成した作品をお持ちですか。

ある　　ない　　ジャンル・原稿量（　　　　　　　　　　）

駅出入口の階段を降りきってバス乗り場前の外通路に立つと、バックパックの外ポケットに入れていた二つ折りのメモ用紙を取り出した。眼鏡を探すのも面倒くさく、そのままに顔の前に近付け、目を細めて読む。

そこには、〝コート一番：十時、昼スパ、桃二、牛乳大、パン屋食パン、絹ごし、白菜漬〟と、崩した文字のぼやけたボールペンの線が読み取れる。

今朝、出掛けに家内に頼まれた豆腐と漬物を書き加えて、自分用の忘れ事をしないためにに書きとめた外出メモである。

朝のテニスと昼食は既に終わっての次の外出メモの確認では、今日第一の目的とした桃をまず買い求めなければならない。

バス乗り場を迂回する通路の奥、駅前商店街の食品スーパーに進んで行った。

店内入口際、照明に照らされて箱台に並ぶ色とりどりの果物の前に立つと、目に付くのはバナナやスイカ玉、梨と並ぶ隣にひと際色鮮やかに見える桃の赤ピンク色が季節の旬の果物として、圧倒的な並べ方で値札を付けて整列し、一つの箱台の全てを占めている。

夏になれば、いつも通り店頭で出会う果物の陳列風景で、夏の味としては千葉特産の梨とともに箱台に並ぶ桃は、我が家の食卓に欠けることのない果物になっていた。暑い夏の気温が高まる程、桃の個性ある赤ピンクという夏色の皮の表情に出会うこと、私にはその柔らかい果肉の蜜に溢れる汁の口への刺激というか、味わう舌への攻撃ともなってくるのが一番の楽しみである。

今、スーパーの箱台の前に立って、この二個入りの桃パックを取り上げようと、その赤ピンクの桃の表情に視線を集中する時には、田舎で桃という実を初めて食べた日の驚き、小学四年の頃であった夏休みのガソリンスタンドの暑かった日に繋がっている。

戦後、父は勤労動員から帰った兄二人と山裾にある住吉神社へと続く道の側に畑を借りて地場産業となった織物の加工場を始めた。そこにシマエ叔母さんと夫の貞一叔父さんが働きに来ていた。

貞一叔父さんを私はおっちゃんと呼んでいたが、そのおっちゃんに連れられて行った畑で初めて桃という果物をその日に知って、ガソリンスタンドで食べたのである。

背の高いおっちゃんの工場での仕事は、ボイラーを沸かして、その蒸気を小屋の様な蒸し箱に導き、吊るした布を蒸すことが主であった。

蒸し箱で蒸しあがった布は皺が伸び、長い毛足も綺麗に揃うことになる。そして、屋外の天日の下で、布を長い二本の並行する木枠に打った短い釘に張り渡して、兄達が布の裏に糊打ちをして乾燥される。

おっちゃんは手が空くと、工場のオート三輪車を運転して、兄に代わって、干し終わって丸い筒のように丸められたボアと呼ぶ反物にカバーをかけて、織元のメリヤス工場に納品することがあった。

加工場の布張りを向かい合ったシマエ叔母さんと半ば遊び半分で手伝っていると、「淳ちゃん、手伝ってもろうてご苦労さんやな。有り難いな。三輪貨物で出掛けるから行くか」との、おっちゃんの誘いに、

「行く、行く。三輪乗っていいのか」と答えながら、車のある工場の庭まで走った。

オート三輪車の助手席に座って国道を走るスピードに興奮し、一つ先の町にあるノコギリ屋根が目立つメリヤス工場に納品を終えて、替わりに織りあがった反物を受け取ってそのまま加工場に戻るのかと思っていたところ、おっちゃんは紀ノ川の堤防道に出て、家とは反対方向に車を走らせる。

暫く走って農道に車を入れると、枝に紙の袋がかけられた樹が畑に何本もある傍らで車を停めた。

私はその樹が何という樹で、何の実の畑かも知らなかった。

畑では、その日の仕事が終わりかけか、梯子や篭を作業小屋に片付けている日焼けした老夫婦がいた。

おっちゃんは白い登山帽を取りながら、

「ええ桃畑や。二、三個分けてもらえんやろか。子供に食べさせたいんや」と、老夫婦の前に歩いて行く。

「今朝、採り入れたのは市場に出してしもうた。残ってへんで。傷んでるのやったらあるけどな」と、男は麦わら帽を片手でついと上に向け、首に巻いたタオルを取った。

「おいちゃん、それでもいいから一つ分けてもらえんやろか。どうやろ」と作業小屋を覗きこむ。

おっちゃんは、車に座っていた私を振り向いて近くへ来るように手招きをした。

奥さんが、丸い篭に有る皮肌に傷のついた桃を一つ、差し出した。

「それでいい良ってに分けてよ。五十円でいいかい」

「そんなもん。こんな桃で商売はせん。金はいらんよって。おまんら、どこの者や」

「高野口。この先の紀北織物に納品してきた帰りですんや。この子、桃の樹、知らん。食べたことないねんや、そうやったな」

「そうかい。せっかくや、お母ちゃん包んだれ。この子、桃の樹見たことないねんやな。明日採り入れる桃も一つ、持って帰ってみるかい」

おっちゃんと男の後ろについて一本の桃の樹の下に立った。枝から微かな匂いがする。

樹の下で、それも畑の土の上に立っているだけで芳しい微かな匂いを嗅げるとは驚き以外の何物でもなかった。

男は袋を破り、手で捥ぎ取れという仕草をした。おっちゃんは枝を掴み、手が届きやすいように下げてくれる。

片手の平に桃の実を掴み取ったが、桃の産毛が掌の皮を突いたような刺激に手の中の桃は滑って、慌てて胸の前で受け止めた。

「坊や、落とさんで良かったわ。一つやけど持って帰り」と、男は私の頭を押さえて作業小屋に戻り、そして奥さんからは紙袋に入った少し皮の傷ついた桃や皮の一部に黒ずんだ色の桃を八個も頂いたのである。

桃畑の道から国道に車を戻して加工場に帰る途中、おっちゃんはガソリンスタンドを見つけると、急にカーブを切ってオート三輪車を乗り入れた。

ガソリンスタンドにある洗車場の水道の前に車を停めると、運転席の下に置いた桃の入った紙袋から桃の一つを取り出して水道の蛇口の下で桃を回しながら洗うと、おっちゃんは皮ごとがぶりと食べだしたのだ。

「淳ちゃん、うまいよ。良かったな。おまんも洗って食べてみ」と言う。

「このまま食えるの」

「皮剥かんでもいい。がぶってかぶりつけ。お母ちゃんのおっぱいみたいにくらいつけ。口に入ったら実と皮は分けられるよって」

ガソリンスタンドの水道でおっちゃんと同じように桃を洗い、桃に有る皮の傷んだところを避けて、赤く柔らかそうな頭らしいところから口を開けて歯を果肉に押し込んだ。

口の中に、甘いとろりとした汁が流れる。

再び、桃を皮ごと噛むと果汁が鼻先に飛び、柔らかい蜜に溢れた果肉を噛み砕く口は実と皮を噛み分けながら果肉だけがつるりと通り過ぎる喉に、桃の甘い汁と桃の香りがないまぜになって、初めて食べる桃という果物の味に驚かされ、噛み砕く度にその味は自分の口というか舌への攻撃ともなった。

柔らかい口の周りは桃の汁でべとべとになってしまった。

生まれてから初めて桃という樹を目の前にもし、手に取ってみた桃というその果肉の柔らかい甘すぎる味を、夏の陽射しに曝されたガソリンスタンドでむやみに齧りついたのである。

おっちゃんはもう食べ終えたのか、桃の種の周りを舌で舐め回していた。

その当時、夏に口に出来る果物は、父が近所の畑で求めた西瓜の一玉をお盆のお供えの後、良くて分け前は母が包丁で切った大き目の一切れであったし、母屋の裏にある農学校の桑畑に立ち入って熟した桑の実を摘むか、隣の同級生である石口義男君の家の庭に有る無花果(いちじく)を親に黙って二人で摘み取って食べるくらいでしかなかった。

そして秋には、母屋の庭に有る一本の富有柿の実を切り取ること、冬には長兄が嫁の実家で実った八朔の酸っぱい実を持ってくるか、正月には温州みかんを剥いて口にすることぐらいが果物との関わりであったことからすれば、今までにない新しい味を知ることになったのであった。


真夏日の午後、スーパーの冷房された店内の心地よさを感じながら桃を選び取るにあたっては、値札に書かれた品種や産地名が何処であっても、桃の味に大きな違いの無いことが毎夏の食味の経験で知るようになっていたので、箱パックされた桃の選別は、赤ピンクという桃色のグラデーションの色合いの濃さを見比べ、二つに割れる皮肌の膨らみに狙いを付けて、それが美味しさが一番と思える箱パックを取り上げればよかった。

この時、桃のぷっくらとした赤ピンクの二つの膨らみが見せる表情には、三つのイメージを重ねることが出来る。

一つ目は、恥ずかしげに胸をはだけて両の乳房を子供に含ませる母親のような丸みである。

二つ目は美術館で見た油絵に描かれた美しい裸婦の均整の取れた胸元のような丸み、そして、三つ目は、村の共同浴場で見た若い女の小さな乳首がある正面向いた二つの丸みである。

夏色の桃のぷっくらとした皮肌のグラデーションに、女の人の胸の三つのイメージを当て嵌めてみるのである。

そのイメージも、買い求める店により、日により、箱台に並ぶ桃パックの量により、その桃の大きさ、品種や皮肌の色合いの違いにも応じて微妙に変わってくる。

その時々に桃が与える表情の違いに応じて、桃が持つ三つのイメージから自分の母の年齢に応じた胸の表情だと想定して、箱台の上から桃パックを選び取って買い求める。

この三つのイメージを産み出させたというか思いついたのは、父の生きた年齢に近づいていた頃、鏡で見る自分の前頭の前髪も薄くなり、父親の顔に或いは次兄の顔に似てきたと思い、母親の顔は自分には無いのかと考えが一時、去来し出したことがあった。

その時、たまたま毎夏のいつも食卓に有る桃を前にして、ふと桃の個々に変化する表情、その桃の赤ピンクという皮肌の色合い、そのぷっくらとした薄緑も混じる二つの左右の柔らかな膨らみの形は、桃の微かな香りと共にまるで女の人が服の間というか、その膨らみが見せる胸元を誇示しているようだと思わないではいられなかったのである。

桃の二つに割れるその左右の膨らみの表情には女性の両の乳房に似ているものと見

れば、自分の顔に母の顔を探そうとしていたこととは全く別な思考が突然にというか、一瞬の間に歩き出したことになってしまった。

桃のぷっくらとした表情そのものに、母の顔、そして母の胸を置きかえれば、小さい時に見た老いた母の萎びた乳房になり代わって自分が生まれて母が差し出したであろう母親の豊かな乳房そのもの、この桃の膨らみを母に与えても好いではないか、その様に見立てたいと、或いは田舎で縁側や客車で乳を含ませる母子の乳房そのままかもしれないと思い及んだのである。

色鮮やかに桃が見せるぷっくらと美しい表情をこれからは母の顔に、この桃のぷっくらとした二つの膨らみに母の乳房を重ねて見ようと私自身の面白がった桃の見方が成立したのであった。

その桃の表情に母の乳房をイメージし始めると、母のより若い時代の乳房の膨らみを描きこんでみたいと思うようになり、かつて美術館で見たことがある油絵の日本人画家の描いた裸婦像の瑞々しい柔らかな赤みも混じる二つの乳房の重なる胸元は父と結婚直前の母の乳房と同じに、そして、村の共同浴場で見た若い女の、まるで女人高野で知られる隣町の慈尊院に母とシマエ叔母さんと御参りした時に見た安産祈願として、そしてお乳が出るようにとお堂の柱に奉納され、白い羽二重の布で造られた乳房(ちち)型にある二つ揃いの赤い乳首が目立つ程の乳房は、更に若かった三人姉妹の次女であった頃の母の乳房かもとイメージをグレードアップしたのである。

つまりは、個々の桃が見せる表情の語りかけが、自分だけに都合良く読み取らせてくれる母の顔でもあり乳房でもあるであろうと勝手に具象化して観ていたのである。

この母に与えた三つ目の若い女のイメージは、実際に私が田舎での共同浴場での記憶なのであって、裸や性器を隠すべきと気付いていた中学生の時であった。

その若い女との出会いは、家の五右衛門風呂が井戸からの汲み上げポンプが故障したために、一人で夕方に村の共同浴場を利用したときである。

久しぶりの浴場では、女風呂から小さな子供の甲高い声が天井まで響きわたり、まだ混み合う時間前であったので鏡の前で桶を使ってゆっくりと洗い終わって湯船に身体を沈めた時、肩に刺青をした若い男に気がついた。

その男が湯船から上がるのと同時に自分も風呂から出てタオルで身体を拭こうと着替え場の大きな鏡の前に進んだ。

鏡の前に立つ丸刈り頭の胸の筋肉の張った男は、腰に今で言うバスタオルの様な長いタオルを巻き付け、髭剃り跡を見ていた。

そのあお白い肌の若い男に、村の衆とは違う土臭さと縁のない風情は他所者の気配を押し出して、男の右肩の青い刺青が珍しく、その模様を確認してみようとした、その時である。

番台の前、男風呂と女風呂の仕切りとなっている板戸を半分押し開いて、顔を下げ、「あんたー。これ自分のやろ。手え出してんかあ」と、若い女が声を上げた。

鏡の前の男は、番台に向かって、

「大きい声、出すな。うるさいわ」と女を叱るのだ。

「ほんなら、放り投げたよか」

「今、行く。待っとれ」と言葉が交わされるや、若い女は仕切り戸を押し開き、上半身に何も付けず、薄色のお腰を巻いたまま男の前に進んで一本の晒（さらし）の褌（ふんどし）を差し出した。

その女の上半身は、日焼けの跡もなく白いと思える程で、もち肌というのか雪肌というのか分からなかったが、その胸に二つのぷっくらとした丸みが正面向いて左右に揃っていた。

乳首の周りは紅に近く尖ってもいた。現実に目の前の女の胸に生々しく見える二つの乳房がくっついてあったのだ。

その様な若い綺麗な乳房、見てはならない若い女の胸を見てしまったと思った。

女は、

「表で待ってるよって、急いでよ」と言うなり、仕切り戸を押し返して女湯に消えたが、年齢も分からない女学生かと思う顔つきで、髪は頭の上に結い上げていたから、既に芸子かその見習いかもしれなかった。

男湯に入って来た若い女の赤い乳首のある小さく二つの隣り合った胸の乳房、その生身の女の上半身、女の胸は人形のような乳房型だったという印象は、母の最も若い時代の胸を示していたのだとするイメージに最も相応しい。

たかが桃一個の上に、毎夏、桃を食べる楽しみと併せて、女の胸の、母の乳房のイメージを重ねて見ていられるのも、老いた親に対する何かしらの申し訳なさが残ったままに放置してきた思いもあるからだと思う。

これまで、その責任を果たそうとしなかったこと、そのままに置いたまま、今になって遅すぎたとしても、善き母であったことへの私からのお詫びに代わるものとしてのイメージの押し付けであったかもしれない。

今でも思い出せるその一つは、兄達と違って高校を卒業し、京都での学生時代を送る時であったが、高速道路を走れるからと一五〇ＣＣの中古のバイクを大学生協のアルバイトをしながら買い求めての冬休みであった。

実家に帰ろうとした時、水越峠を過ぎて国道24号に出た所で、前の乗用車の左折ランプが遅くて一瞬気付くのが遅れ、危うく追突を避けようと歩道の縁石に乗り上げ転倒したのである。その時に左足を骨折して、奈良の病院に救急搬送された。

病院での入院中、母はシマエ叔母さんと見舞ってくれたが、治療費を支払うのがそ

の時の用事でもあって、病室に入ると、他の入院患者の前で、

「いつもあわてもんや。阿呆なことしかせん子やな。恥ずかしい無いんかいよ。何のために大学行ってるんや。お父さんもみんな苦労して助けてるのに」と、椅子に座る勢いのままに一息に言い終わると、涙を流して顔をゆがませ、悔しそうに私に手を上げた。

私の頭をぶった母の手の感触は久し振りの事であっただけに、余計にこたえることだった。

シマエ叔母さんも、私の手を取り、

「淳也、おまんが大怪我で済んだから良かったんや。もし、亡くなってたらお父さんも、内のおっちゃんもどう思うか知ってるか、知らんとは言えんやろ。お母さんを困らすな、ええか」と言葉を重ねた。

この時の五十数年前になる私を叱る泣いて口惜しさを見せた化粧けのない母の顔は今でも脳裏から消えない一つである。

あの時の冬は、家に帰り、織物の加工場を手伝うこともなく骨折の治療に努め、何

とか学年試験も済んで留年もなく一年後に卒業を迎えることとなったが、就職先は大阪ではなく東京の貿易会社を選んでしまったことも、もう一つの両親への申し訳なさの記憶にもなっていた。

父母の近くで暮らして何らかの親孝行をする道も遠のいたまま、両親が実際の東京を知るのは私が結婚した時で、田舎から上京するに当たって同行した長兄夫婦に任せたまま、はとバスの東京見学をしてもらうことも両親には一度きりのこととなってしまった。

加えて、二人の孫が生まれ、私の家族とたとえ一ヶ月でも東京の社宅の一部屋で両親と暮らす余裕もあったのに何の手立てもしないままに過ごしてきたことに、今でも負い目が残ったままだと言える。

父と母からは、変な言い方だがこれまで頂くばかりであった。頭を下げて、腰を下ろしてお返しの事ほどもしないままにしてきたことが、そして、古里を離れたままの暮らしに親への不十分な接し方もあったと認めざるを得ないだけに、その自分に情けなさも残っている。

いわば、私の「御免なさい」の気持ちを、誰に気兼ねもない、老いた身になった今でこそ毎夏に、桃という果物に味わえる美味しさに自分を慰めてもらいつつ、親への申し訳なさを桃の上に母のイメージを付け加えさせて成り代わってもらっているからとも言えよう。

自分だけの勝手な理屈に遊んでいると言えば、全くその通りである。

そして、自分が楽になる。

*

今日も駅を降りてスーパーの店頭の箱台に有る桃を選び取った桃の示す夏色の表情は、薄緑が目立つ皮肌に頭の赤ピンクのグラデーションは日本人の描いた油絵の裸婦の胸のようだと楽しんでイメージ出来た。

そして、桃パック二箱を買い物篭に入れ、外出メモにある次の食品を求めようと食品コーナーに歩いて行った。

この東京湾岸に近い集合団地に越してきてもう十五年近くも経ったのだと思う。長男・長女の二人の子供も結婚し、長男に子供の二人目が誕生したこととサラリーマン生活に終止符を打った機会を合わせるように自宅を長男家族に譲ることとして以来、ＵＲの集合団地、２ＤＫの賃貸住宅に家内と一部屋を分けあった新しい暮らしというか、気分を変えた生活を始めてみた。

老夫婦二人だけのより単調な生活にもなって、私の週一回の定例のテニスや三ヶ月に一度の病院通い、たまに封切りの外国映画に出掛ける以外には、テレビと書店で時々に買い求めた本が連れ合いとなる。

そうした時間が過ぎてゆく中でも、毎年の夏、食卓には手で触ることも大事に遠慮するほど、夏の実りの豊満さに満ちた桃の持つ夏色のグラデーションと二つのふくらみがあったればこそ、私の両親に返しきらなかった申し訳なさを示すに格好の手段になったと言えたし、また、変わらぬ日々の続く暮らしには、部屋に花を一束買い求めて飾るのと同じように、それだけでも暮らしの彩りを演出することが出来た。

また、食後に果物を食べることが、時にお互いの過ぎし昔の一コマを思い出し、年寄り夫婦の少ない会話の道具にもなりうるようになっていた。

今日も予定通り、桃のほか食材を買い求めて私には外出仕事であったことを済ませて集合団地の部屋に帰ることが出来た。

今日のように外出メモを持つようになったのは、後期高齢者用の医療保険証の交付を受けてから自分の習慣にしようと決めてからである。

それまでは、一つの用事を済ませると、つい隣に置いていた用事の記憶が飛んで大事な用件を残したままバスに乗り込んで部屋に帰ることがあったし、自室で眼鏡をかけているのに眼鏡を探すというようなことも起こりがちであった頃とも重なっていたのである。

自分の毎日の生活ぶりをメモ用紙一枚に書く、まるでせせこましいようなことになってしまうのでもあったが、一方、何事も後送りしないで終える安心も持つことが出来た。

今日の二人分の夕食の宅配弁当も玄関先に保冷ボックスに入れて置かれていたから、直ぐに取り出して冷蔵庫に保管し直した。

家内はまだ病院に出掛けたまま帰らない。

今晩の食後に食べる果物は、朝には梨の実の半分が台所にあった筈が、冷蔵庫にも無いところを見ると、私がテニスに出掛けた後で家内が食べてしまったのだろう。

病院の帰りに梨一つでも買ってくれればと思うが、足腰の痛みが出ていれば、駅前のスーパーに立ち寄る無理も避けるに違いない。

今日も、カートを引いてバスに乗り降りすることも負担で大変と思えば、勢い、駅前のタクシーに乗って帰ることになるのだろう。

今晩の食後の果物は、多分、先程スーパーで求めた一個の捥ぎたてに近い、少し固い桃になるかもしれない。

小さい時、父と母を老人と見ていたことがあったが、今、老人となった自分という日常、老人である自分の身体自体、自分に向かってくる何らかの不都合は無理にも抗わないで受け取り、馴染ませてゆくのも老人である姿だと分かりかけてきた。

自分の人生を古里を離れたまま、この集合団地の部屋に小さく固めることになったが、それが良かったのか、悪かったのかと自分に問うても答えは出て来ない。

古里に戻ることも考えられない。

今朝も起き抜けにガラス戸を開け、ベランダに立って東京湾の奥、朝の黄色く輝く太陽に照らされる海の白い沖に向かって両手を高く上げ、太った腹に空気を吸いこんで細めた口から息を吐き出して、身体の中、腹の中に溜まっている何物かを入れ替えるように深呼吸をしてみた。天気の良い日、朝の深呼吸である。

それは、池の鯉が澱みの底から顔を浮かせて水面で大きく口を開けて呼吸をするようにあぶくを吐き出す姿かもしれない。そして、身をくねらせ、しっぽで外界の水面を打って再びに住み慣れた水中に戻ってゆくような。

そのような中で、暑い夏の間、スーパーや八百屋の店頭で赤ピンク色の桃の皮肌が見せるグラデーションと二つの膨らみに、そこに一つの自分に許される母親像を重ねて持ち帰ってみる。

その後に、食卓に二、三日置いて追熟した桃を一晩冷蔵庫に入れてから、柔らかい桃の皮肌にナイフを入れ、ガソリンスタンドで食べたあの味を追跡する。

これからも、古里にもあった果物の桃や柿、その季節の色を自分で探し求め、手にし、皮を剥く。そして味わう。

このような自分だけに求められる場がまだ残っているだけでも、嬉しいことと思っている。

たゆたう煙り

朝の晴れ渡った空を上にして、物干し場の吊り紐に私の肌着やタオルを洗濯バサミで挟みながら、目線の先、山の斜面にある柿畑を見やりますと、柿の樹の枝々に受粉した小さな実の薄緑の萼(がく)が萌え出る若葉の間に見えています。

今日は、鍼灸整骨院に午前の予約がありますので、昨晩は風呂にも入り、朝からも普段より多い洗濯物を洗い、さて干し終えて二階の物干し場から降りようとしましたところ、庭に入ってきた白い軽自動車が私の車の横に駐車して、運転席のドアが開くや、

「奥さん。お早う御座います」と声を上げ、左右に大きく手を振ります。

「あれ、坂田さん。朝からどうしました。ちょっと下で待ってて、今、降りてゆくよってに」

私はまだ着替えもしないままの寝間着姿が気にはなりましたが、二階から降りて玄関の扉を開け、坂田治子さんを台所のテーブルにと廊下を共に歩いて招き入れました。

治子さんは、いつもの織物工場で見かける薄青の作業着姿でしたが、椅子に座ると、

「奥さん、うちのが倒れましたんですよ」

と、膝に両の手を突いて頭を下げるのです。

「倒れたって、どうしました」と、急須にお茶の葉を取り替えながら話を聞きますと、昨日の午後、昭雄さんが市道の清掃作業中に口から血を吐いて倒れ、救急車で総合病院に運ばれて入院したと話すのでした。

「それはえらいことやったなあ。昭雄さんの様子は」

「先生のお蔭で吐血も止まって。病院からの電話に、本当、ビックリしてしまったんですよ。昨日も夜まで傍にいたら、おい、ええからもう帰れ、心配いらんと言うんです。人がどうなるんやろと気を揉んでるのになあ」

「昭雄さん、病気でしたの。これまでお世話になって見てたけど丈夫そうで」

「まだ、病名は分からんのです。先生から色々検査してと言われてます。今日も仕事終わってから着替えやティッシュやらを届けることにしてるんやけど、うちのが清水さんの柿もそろそろ手伝わんならんなあと、仕事の段取りを洩らしておったもんで、多分、迷惑かけるかもしれんよってに、こちらにお知らせしとこうと思って」

「そうでしたんや。おおきに。よう知らせてくれました。大変やなあ」

治子さんは、お茶を一口飲んでから、

「これから仕上げなきゃならん毛布があるんよ。納期がせまってますんや」と言い、廊下を急いで出て行かれました。


私、清水富美代が坂田夫婦というか、二人と知り合うきっかけは、これも病気のことになりますが、主人の清水高志が脳梗塞で五年前の夏に倒れ、幸いに右半身の麻痺を残して二ヶ月後に戻ったのですが、染物工場の社長という仕事も今まで通りとは当然に行かず、大方は義理の弟に譲り、本人はリハビリに努めることになって、私は、主人の介護の仕事が増えることになりました。

加えて、家の横手にあった小高い山の雑木林を戦後に切り倒して、先代が植えた柿の樹の手入れを夫とともに行ってきましたが、たとえ十一本の柿の樹でも来月には柿の収穫と選果場への出荷が迫っております。

柿畑の作業は、私一人では到底やってゆけません。誰か手伝いの人が要るから探していいかと主人の了解も得て、染物工場の手伝い仕事である染め上がった糸束の箱を納めに行った織物工場で、検品に来ていたのか、事務室の前で毛布を抱えていた坂田治子さんと出会ったのです。

彼女の顔は、この工場に糸を納品する時々に見かけ、通りすがりに挨拶を交わす以外に話をしたことは無かったのですが、たまたま作業場に戻る治子さんと工場内を一緒に歩むことになり、この土地に昔から住む人に見えていましたので、

「農作業で手伝いの人探してるんやけど、誰かこの時期、いてないかしら」と語り掛けてみたのです。

治子さんは、歩みを止め、

「それなら、シルバー人材センターがあるけど、私の夫もそこに入ってて。私の夫では駄目かしら」と私を見て、そのまま毛布の縫製作業場に一緒に座り、話を聞いたのが機縁でした。

十一月も十日過ぎ、柿の実も朱赤に色づき、虫食いのない大きな実を採る日の朝、治子さんの車に乗せられてやってきたのが昭雄さんで、その出で立ちは工事現場の土方スタイルだったのです。地下足袋姿にヘルメット、白い軍手、それに右足に障碍が

あるのか肩を少し落として歩む昭雄さんの恰好に、柿の収穫が任せられるのかと心配したのですが、緩い斜面とはいえ、三角梯子を安定させ、数段の高さに昇って背よりも高い空に伸びる枝先の熟した柿をハサミで手際よく切り取って肩から下げた丸い竹篭に入れますし、納品する選果場のことも弁えて、延べ三日、時間通りに柿の出荷を無事に終えてくれたのでした。

私は、柿の収穫が上手くいった、段取りよく出来たことの嬉しさに、昭雄さんを台所に呼んでインスタントでの珈琲を出し、三日間の労賃を封筒に入れて渡しました。

昭雄さんは、珈琲に砂糖の袋を二本も入れてスプーンでかきまわしながら、

「奥さん、領収書は出されへんよってに。これは誰も知らんあれやから」と言い、

「分かってる。治子さんからちゃんと聞いているよってに」と、私は日焼けして、髪の薄い額の皺が横に大きい昭雄さんの顔を改めて見たのでした。

主人も、昭雄さんの仕事の確かさは認めたのでしたが、その夜の食事の際、

「冨美代、もう、坂田を家の中に入れるな」

と、急に怒り出したのです。

この二階建てプレハブ住宅に建て替える前の瓦屋根の農家にあった土間のままなら昭雄さんを土足のままで入ってもらっても良かったのでしょうが、やや古くなったとはいえ、廊下を汚れた汗の匂いのする姿で肩を落として歩く姿を見せられるのは、自分の半身に麻痺が残った状態であるだけに、同じ年回りに近い男の姿の見えるのが面白くなかったんでしょうか。

昭雄さんは、翌年の初夏、摘果の作業に見えた出で立ちは、すっかり変わって白い野球帽に長袖シャツ、作業ズボンに地下足袋姿となり、私と共に、伸びた柿の細い枝に一個の実を標準に摘み取っていきました。

昼休みの食事時には、昭雄さんは駐車場脇にある作業小屋でプラ箱を椅子代わりにして水筒に入れたお茶を飲みながら、治子さんの手作り弁当を食べておりましたので、私も、その日は主人をデイサービスに預けておりましたから、一緒にお握りを食べながら、気になっていた昭雄さんの足のことを聞いてみたのです。

「そうやなあ。若い時から日銭稼ぎで景気のいい町を探して、移って。この町も奥さんの染工場も同じやけど、パイル織物の輸出で景気いい頃おましたな。何かある筈やと大和の土建屋の日雇い辞めて、この町の川沿いに大きな製材所がありますやろ、そこで日雇いやなしに定期の雇用があって、杉や檜の貯木場の管理、いうてみれば何でも屋ですわ。製材するため乾いた杉の丸太をユンボで運んだり、檜の皮を剥いたり、風呂屋に釜炊き用の木っ端を運んだり。ある日、吉野の杉をトラックから降ろしてるところで、一本の細目の丸太が跳ね上がってわしの方に飛んで来たんですや。逃げ遅れて右足に当たって」

「そら、難儀なことやったわなあ」

「まあ、力仕事ですさかいに無理でけしません。よってに退職して、治子はんの紹介で織物工場の出来上がった反物の出荷作業をやらせてもろうて、その後はシルバー人材センターですんや。治子はんにはずっと世話掛けてな。こうして去年の秋からはお宅の手伝いで世話になって」

「うちも助かって、私一人では」

「奥さんも手際が良いですやんか」と言いながら、弁当箱を入れていた布袋から缶を取り出したのです。

「昭雄さん、それビールでっしゃろ。いつも飲みはんの」

「ええ、暑い汗かいた身体に沁みるんですわ」

「ちょっと待って。そんな温(ぬる)いの、おいしいないやろ。待っててな」

私は家に引き返し、台所の冷蔵庫から主人用の缶ビール一本を持って作業小屋に戻りました。

「これ飲んで。冷たいよってに」

「そうか、悪いな。遠慮せんと」

昭雄さんの缶の栓を引き上げて喉に流し込む恰好は如何にも身に付いた、落ち着いた姿でした。

こうして過ぎた三年前の二月、主人が再び発作を起こして入院したのですが、二ヶ月もしない間に突然に亡くなったのです。

義理の弟の指示というか、実質の経営者でありましたから、主人も染物工場の長男としての世の中の付き合いも病後は殆んど昔と違って無くなっており、葬儀に多大な費用をかけることもない時代でもありましたので、ごく内輪の家族葬になりました。

　私はその翌日から、まず済ませておくべきと、主人の得意先であった織物工場を順次訪ねて、生前の主人に対する仕事を頂いたお礼の挨拶に伺っておりましたが、それから日を置かずに、坂田治子さんが夕方に工場からの帰り道だからと立ち寄り、掘り出した春の筍の水茹でした一本をレジ袋に入れて持参し、

「ご主人、お亡くなりになったと知りまして。お線香でもあげさせてもらえたら」と、主人の霊前にお参りに来てくれたのでした。

「それはそれは、こっちの部屋というても、写真を置いただけですんや」

　私は、リビングに設けた香台の前に治子さんを案内しました。

　治子さんはライターで線香に火をつけ、座布団の上に両膝を揃えて座ったズボンのお尻は大きくて、円く太い足のソックスの重なりは工場で毎日働く元気さを表しているようで、私に近い年に見えながら私の体のなんとない翳り具合との違いが認識させられます。

　一本の線香を治子さんが香炉に立てかけ、頭を垂れて手を合わせる後ろ姿をじっと見ておりました。

線香の煙りがまっすぐ上に伸びるかと思いますと、突然にゆらゆらとたゆたうて治子さんの頭の上に渦を巻きながら香を含んだ煙りの匂いが漂ってきます。治子さんの祈り、あるいは身体からの何かの振動が作用したかもしれない揺らめきと香りでした。

「奥さん、何歳でした」

「ええ、私より五歳上、六十六歳でした」

「早いなあ。うちの人と大して変わらんのになあ。このお写真は」

「長女に初孫が生まれて家に来た時、私が娘のカメラで写したもんで、娘夫婦と孫と四人一緒の写真から主人だけ拡大して。亡くなって、さて祭壇に置く遺影はと探してみたんですよ。案外にいい顔というか、主人の写真は撮ってないんです。私もそうですけどな。なんや怒っているようなきつい顔ばかりですさかい、娘からもらったこの写真にしましたんですや」

「少し笑って、ええ顔の旦那さんですな」

「治子さん、お茶にしましょう」

私達二人は、台所のテーブルに座り、

「丁度良かった。ケーキがあるんよ」と、織物工場への挨拶回りの途中に、いつもの駅前の洋菓子店で買い求めたショートケーキを皿に入れて治子さんの前に置きました。

「こんなの頂いてええんですか」

「食べよう、食べよう。うちの旦那も世話ばかりかけよってにと、そう思ったら昔からいつもこの苺ケーキを一個だけくださいとよう言わんと二個買ってきますんや」

私は、紅茶を入れながら、小さい時、百貨店のまぶしいような店先でガラスケースに見た白い丸いケーキに乗った赤い苺が魅力的で、どんな味がするのか分かりもしないのに、それでも一度食べてから死にたいと思っていたこと、そして、高校を卒業して奈良の百貨店の店員になってお給料をもらったその日に、給料袋が薄くなるのを気にしながらも苺の載った丸いケーキを買って家に持ち帰り、三人で食べたんですと話しますと、治子さんが

「どうでした。味は」と聞きました。

「思ってたケーキの味はこんなもんかと。初めて食べる父も、カスカスのパンみたいな上に白い粘っこい甘ったるいのが乗ってるだけや。母も、苺は珍しいけど、これな

らぼた餅のほうがまだしっかりして美味しいと」

「そう言われればご両親の言うとおりみたいやけど、奥さん、このケーキ独り占めで食べてるんや。誕生日にもですか」

「もう祝う歳でも。独りが値打ちですんや」

「今と違って、奥さん。子供の誕生日いうてもケーキなんか、何もしてあげられんことでした。学校の先生からのメモにおめでとうと添え書きがあって、一歳、年取っただけで何がおめでたいのかと。特別な料理もよう作らんと、ほんま、自分が恥ずかしいんですよ」

「それは、わたしも一緒。ハンバーグ焼いてカレーライスと一緒に食べさせて、御馳走やでと。治子さんのお子さんは今は何処に」

「愛知の自動車工場。私の産んだ子は、ちょっと驚かんといてな。実は、働いていた堺の布団屋に注文に来る旅館の息子とこっそり付き合うようになって。妊娠しているのが分かってから、それからは相手にされんようなもんでしたんや。親にも出て行けと言われて」

治子さんは、店の方で用意したプラスチックフォークを握ったまま、一口しかケーキには手をつけていません。

「そうか、きついなあ。さあ、遠慮はいらんよってに早よ食べて」

「はい、おおきに。当時というか、今と違ってこの町は織物で有名だったので、私もメリヤス工場の働き手になって。子供もこちらで産んで、母子寮というのがあったんです。そこで働きながら育てて。子供が確か小学五年のときですわ、うちの昭雄と出会ったというか、三人で住むようになって」

「そうやったの。よう話してくれましたなあ、おおきに。全部食べてね。私も小さい時の腹いせみたいに、この苺ケーキを食べるのが悔しいとも楽しみとも両方のようで、何や食べとうなったらまた買いに行ってね。今日は治子さんと食べられてひと味、いい味になったわ。おおきにやで。ありがとうさん」

*

私は、主人の亡くなった後、染物工場の手伝いも殆んどしないことになり、柿畑の草刈りや施肥、家周りの花壇の手入れを、身体の調子に合わせて行うのが家を守る日々の習いとなって、昭雄さんには柿の樹に登らなければならない摘果、収穫のほか、柿の消毒、剪定などの必要な手伝いに限ってお願いしてから、もう五年近い時間が経ったのです。

今、昭雄さんも入院というこの田植えの時期、家の前の道路脇にある灌漑水路に勢いよく流れる溜池の水は、南へと続く水田に縦横に行き渡らせ、夜には、蛙の何匹にも重なる鳴き声がうるさいと思える程に私の耳の中を掻き回して、この日までの坂田治子さん、昭雄さん二人との出会いが、一人寝のベッドの上で切れ切れに思い浮かんで参ります。

また、このころの親戚の噂話では、前の田圃もこの屋敷地も銀行の担保物件だから、いざ資金繰りに困ったらどうするかとの密かな話が持ち出されていたということですが、町の織物景気も中国に押されて下降気味であるのは間違いのない時勢に、専ら主人の稼ぎだけにおんぶしていたというか、妻という座に居座って主人の遺族年金と貯えで何とか日々の暮らしは成り立っているという私の贅沢は、いずれそれも、手放さざるを得ない日がきっと来るのでしょう。

この眠りにつく今、あれこれ心配の種を探し出しますと、落ち着かない気分に囚われます。そうであれば、柿畑の収穫によってちょっとした稼ぎ代は、いつまでかはわからないこの暮らし、ここに過ごす間は、自分のために一人でもやり続けなければと改めて思ったのですが、今年は昭雄さんにお手伝いを依頼することは無理になりましたし、治子さんから病院の情報も何ら入ってはきません。

私は、坂田治子さんと昭雄さんとは籍の入った夫婦ではなかったと昭雄さんから知らされた日のことが、薄暗い天井を瞼の上にして思い浮かんできました。

主人の亡くなった年の夏も末、柿の実も手のひらに乗るくらいに大きくなって黄色く色づき始めた頃でした。柿の樹の消毒が終わっての遅い昼時に冷えた缶ビールを昭雄さんに手渡しますと、受け取る顔が急に明るくなって、消毒液を被ったビニール合羽を脱ぎ取り、

「奥さん、よう冷えてるわ。気持ちいいよ」

と、まず一口、缶を傾けます。

その時に治子さんと結婚したのはいつのことかと聞きますと、昭雄さんはビール缶を頬に押しあてたまま、思い出すように、治子さんの小学校五年生であった子供の喧嘩の仲裁がきっかけだったと話し出しました。

それは正月の戎神社の賑わう宵宮の晩、電球に照らされた夜店が並ぶ参道の裏路地、薄暗い家の駐車場で中学生らしい二人に囲まれて殴られっぱなしになっているところに、たまたま通り合わせ、「これはいかん」と中学生を引きはがし、大人として手を出したとのこと。子供に喧嘩の理由を聞いてみると、

「あいつら、俺に眼をつけて、さっきも、金出せというから腹立って蹴飛ばした」と言い、鼻血を出して口も切れ、再び一人になって喧嘩が蒸し返さないとも限らないので、家は何処やと連れて帰って行ったのが治子さんのいる母子寮でした。

昭雄さんは、缶ビールで一息入れると、

「驚いた母親は玄関を入るなり子供の頭を叩くわ、顔をひっぱたくわ、濡れタオルで顔の血を拭くわ、その動作というか、子供を叱る顔つきがわしの母親とよう似ていましたんや。小さい時の自分が叱られてるようで。それ以来、時々に菓子なんか買って

子供の様子見に行って。ほんまは、治子はんの顔見たかったんですんや。それでまあ、知り会いになって」と話し、私に向けて苦笑いしながら、申し訳なさそうに二本目の缶ビールを開けました。

「子供の名前は進一やったか、中学卒業したら出て行きよった。こんな町に居とうないと言うんや。これには驚いた。わしと暮らすのも嫌だったんと違うか。父親と違うもん」

「結婚したんでしょう。子供の父親になったんと違いますの」

「治子はんとは、そうしない約束で。同居人ですが。野田昭雄が本名。二人で稼いで、地元の高校に行かせられると思っていたんや。まだ、製材所で怪我するずっと前のこと」

「そうですやろな」

「勝気な子供やった。今は、結婚していい車にも乗ってるらしいけどな。この暮らしぶり見たら、それも、わしの怪我が元で治子はんに苦労させるような家には寄り付かん。くず繭ならまだ値打ちがあって糸にもなり、着物にもなるけどなあ」

昭雄さんは、柿畑の上に伸びる灰色の混じる入道雲を見上げながら、汗が顔を流れるのにタオルで拭きもしないで、再び口を缶ビールにつけ、缶の底を上に傾けました。

その昭雄さんの顔を枕の上で思い浮かべますと、私でも出来る範囲で、柿畑の仕事の段取りを明日からでもしようと思いました。

私一人で五月半ばから始めた柿の摘果作業は、やはり身体に堪える仕事で、休み休み、辛い仕事になりました。これまでより日にちは四倍もかかりましたが、一応、樹の上の枝も三角梯子に乗って転落に気をつけながら手の届く限りに行いましたから、その結果は、秋の実りに現れることも承知する畑仕事になりました。

柿畑の摘果が一段落したあとは、地区の婦人会の主催する田植え後の恒例となった日帰りのバス旅行会にも参加し、自分の慰安旅行のつもりで竜神温泉にも浸かり、旅館での昼食を皆で楽しみました。

鍼灸整骨院への通いも続け、旧盆の墓参りや法事の始末、夏の替着など自分のことばかりにかまけて過ごしておりましたまだ暑さの抜けない九月の十七日の夜、治子さんからの電話で昭雄さんが亡くなったとの知らせは予想だにしないこと、気も動転して何と言えばいいのか、やっと出てきた言葉は、

「今はどこに、昭雄さん」でした。

「それは、心配掛けて。実は、もう済ませてしまいました。私と昭雄さんのお姉さんとの二人だけで茶毘(だび)に付しましたんや。市の葬祭場で一昨日の晩です」

「何と、そうでしたか」

私は、暫くは電話口に言葉も掛けられずにおりましたが、やっと、

「お邪魔して、お参りさせてもらえますか」

「はい、明日夕方なら。うちの場所分かりますか」

「以前、昭雄さんに聞いておりました。あけぼの住宅ですやろ」

私は、治子さんが主人が亡くなった時にお参りしてくれたことを、忘れてはいませんでした。

車を市営住宅地前の駐車場に停めますと、雨水調整池に向かう通路の両側に面して建つ二軒長屋四棟の配置図に入居者氏名を書いた小さな看板がありました。

私は、荷物を提げて坂田の名前があった長屋に歩いてゆきますと、どこからともなく金木犀の香りが漂って、目隠しとなった長屋の塀の下にはヒガンバナの塊りが鮮やかな赤色を見せています。

住宅の玄関扉に有る番号を確認して、「清水です」と扉の戸を叩きますと、治子さんが丸い一重の目を私の顔の前に出すようにして戸を開け、迎え入れてくれました。

「よう来てくれましたんや。こんな汚いとこやけど、まあ座って」

と、入口側の四畳半の部屋に案内し、厚い綿の詰まった大きな座布団をちゃぶ台の前に進めてくれます。

私はそこに座ると治子さんをじっと見上げました。治子さんは疲れて、哀しそうな顔でもしていると想像していましたのに、濃い緑のスカートに白い襟のブラウス姿は今までに見ない鮮やかな姿に見えて、工場で働く普段と変わらない明るい丸面の表情でしたから、弔問ということも一時忘れてしまう程で、持参の香典、菓子箱を慌てて取り出して、型どおりの挨拶をする羽目になりました。

「ちょっと待ってて。初めて来てくれたんやから、今日は夕ご飯食べて帰ってよ」と、治子さんも炊事場に立ったまま何かの用意をしますから、私は隣の六畳間にある窓際に置かれたミシン台を利用した白い布の掛かった香台の前に進み立って、茶色の二本の線香を手にとり、ライターで火を点け、香炉に立てますと煙りが糸を引くように立ち上り、天井の上まで上がる香煙はゆらめいて私に向かって戻ってくるのでした。

しばらくの間、手を合わせておりますと、柿の樹の上で作業する日焼けした昭雄さんの顔と手際よい手先の運びが瞼の裏に浮かび、その柿畑での事が煙りのたゆたいの波に合わせて思い出されます。

白い小さな箱に収まった骨壷の前に有る昭雄さんの写真額に見る背広姿の正面向いた顔は、まだ壮年の若い頃の顔つきで、柿畑で見せていたのと異なる表情は、たゆたう煙りの前で遠くに控えているというか、別人かと思い違いをすることでした。

「この煙、杉の葉の焼ける匂いしませんか」と炊事場の治子さんに問いかけますと、

「私もそうやと思います。昭雄の生まれた土地の匂いかもしれませんなあ」

「昭雄さんのお姉さんて、何処にいますの」

「大和の十津川村、山深いとこ。昭雄より八歳も上ですんや。親元離れて最期はここ

でお姉さんに送ってもらったんですから。入院中も先生に余計なことはするな、悪うなったらそれでいいと言うばかり。覚悟決めたようなふうで。その時にただ一人となった身内、お姉さんの連絡先を教えてくれたんですよ」

「そう。死因は。癌でしたんか」

「そうでしたんや、胃がんから転移して」

「ビールおいしそうに飲みはったけどなあ」

治子さんは、ガスコンロで魚を焼いているようでした。

線香の煙りは、まだ天井にまっすぐゆらゆらと立ち上っていきます。

窓の外にある小さな庭には、風呂場の脇から出られるようで、洗濯機が置かれ、雨よけのプラ波板の屋根が拵（こしら）えられ、物干し柱の傍らには紫陽花の茶色く枯れた花を伐り忘れたのか、一つそのままにあるのが見えます。

「さあ、食べましょう」と、治子さんは前掛けをとって座布団に座りました。

ちゃぶ台に並べられた夕食は、しめじの炊き込みごはん、鮎の塩焼き、トマトのサラダに味噌汁です。

私は遠慮なしに箸をつけて、

「まあ、この鮎、大きいこと。上手く焼けておいしいわ」と言いますと、

「昭雄の仲間で、鮎とりが仕事みたいな人がおるんよ。昨日の夜、獲れたて持って行ったるゆうて、昭雄の前に供えてくれと持って来てくれましたん。そのうち、違う友達から松茸も届きますやろな。今度届いたら松茸ごはんに。奥さんお呼びしますよってに」

「そら、ぜいたくなご飯や、おおきに」

私と治子さんは、鮎の焼けた香ばしい身を口に頬張りながら箸をすすめました。

食事が終わるころ、治子さんは、お茶を一口飲みますと、箸を横に置いて、私に語り掛けてくれたのです。

「奥さん、私ら弱い生活者ですんやけど、私と昭雄は決めたことがあるんです。無理に人並み以上のことはせんとこ、したらあかん。かえって惨めになるよってにと。人を羨んだり、世間の形に擦り合すより自分らの動けるやり方で、自分らのカードでも通用する範囲が一番楽やし、肩凝らんからと昭雄も言っていて、傍にいた私もそうや

なあと思って暮らしてきましたんや。

　昭雄も、身体しかない財産を大怪我して障碍者になっても織物工場での雑用やシルバーでの草刈り、垣根の剪定、水路の清掃、何でも文句言わんと仕事に行って私と暮らすのがいいよと言ってくれました。でもそれだけのことが、今思えば一番やったかと。

　私も、小さな子供と二人だけで行く先の心配のあった時、昭雄が自分の子供に構ってくれて有り難かったんです。あの頃は肩寄せあってと言えますわ。それこそ、人並みの生活だったんですよってに。子供は自分で一人前になったと思っているんでしょう。仏さんにお参りにも来てくれるかどうか。正月明けたら大阪の一心寺に納骨して供養の終わりにしようかと、既にお姉さんとも話して決めておりますんや」

「そうですか。治子さん、全てちゃんとし終えて。えらいお人やなあ。私ら何や、普通のことの判断もようつかんことばっかりやのに。昭雄さんには、いつもこちらの勝手ばかり言って無理させてしもうて、御免やで」

　私には、そう言っても何か言葉が足りないと思うのでした。やっと、私の口から言

えたのは、
「今日の鮎、本当にありがとう。こんな心根の籠もった夕食、本当にありがとさんや。紀ノ川の傍に住んでても、今までその川の宝みたいな魚も食べる甲斐性(かいしょ)がおませなんだ。いつもこんな恵みを味わっているんや」でした。

私は、目の前の治子さんが一際大きくなった気配に押されたままでいたのです。

その夜の帰り際、もう一度、昭雄さんの香炉の前に進んで頭を垂れ、手を合わせてから治子さんの家を出ました。治子さんが見送りながら手渡してくれたのは、勿体なくもフリーザーパックに氷とともに二匹の鮎を包んだ新聞包みでした。

その年、昭雄さんのいない柿畑の消毒は行わないままになりましたが、二階の物干し場から見る柿畑の実は朱色が濃くなりつつ、一個一個の実の照り映えて熟しつつあるのが分かるようになってきております。

来月、十一月になれば土曜と日曜日には、私と治子さんと神戸に住む長女とで、ゆっくりと無理のない、出来る範囲で柿を収穫しようとの段取りは出来上がりました。

その富有柿収穫の毎週の夜は、松茸ごはんや、松茸入りのすき焼きにするんだと決めております。これは、私もめったに作らない食事ですが、昭雄さんを偲ぶ夕食会にもなるのですから、治子さんに負けないようにちゃんと準備をしなければと思っています。

夕焼けの空がより赤い西の空、爽やかな風が既に刈り取られた田圃に乾燥させている稲掛けの上に吹いていて、明日が脱穀と聞いております。私の食べる分のお米も実って、清水という名前を貰った自分のこれまでの生活の当たり前に感謝し、これも私の人生と強く思っていいのだとして、よく乾いた洗濯物を抱えて物干し場から、二階の部屋の廊下に降りました。

あとがき

この気恥ずかしさもある作品の上梓は、㈱文芸社と毎日新聞社主宰の「人生十人十色大賞」に応募したことから始まったと言える。

人生の大半を東京・沖縄で過ごして来たなかで、文字に出来るのは、やはり生まれ古里にちなむことしか思い浮かびませんでした。

それは、柿の実であり桃の実に材を得て書くことでしたが、全てフィクションであることを申し添えます。

本短編で紀北という土地の空気を感じて頂けたら嬉しい限りです。

本書刊行には、㈱文芸社出版企画部・川邊朋代さんの細やかな編集作業への導き、素晴らしい表紙に仕上げてくれたデザイン担当の木村亜矢佳さんによって完成したことに、改めて御礼を申し上げます。

著者プロフィール

阪本 たかお（さかもと たかお）

1944年、和歌山県に生まれる。
早稲田大学卒。
国家公務員として旧建設省、沖縄開発庁に在職した。
退官後、沖縄に移住、和歌山を経て現在、千葉県市川市に在住。

泥田の片足

2024年 9 月 1 日　初版第 1 刷発行

著　者　阪本 たかお
発行者　瓜谷 綱延
発行所　株式会社文芸社
〒160-0022 東京都新宿区新宿1－10－1
電話 03-5369-3060（代表）
03-5369-2299（販売）

印刷所　株式会社晃陽社

ISBN978-4-286-25678-8